君が死ぬ未来がくるなら、何度でも

茅野実柚

本書は書き下ろしです。

目次

イラスト／爽々

君が死ぬ未来がくるなら、何度でも

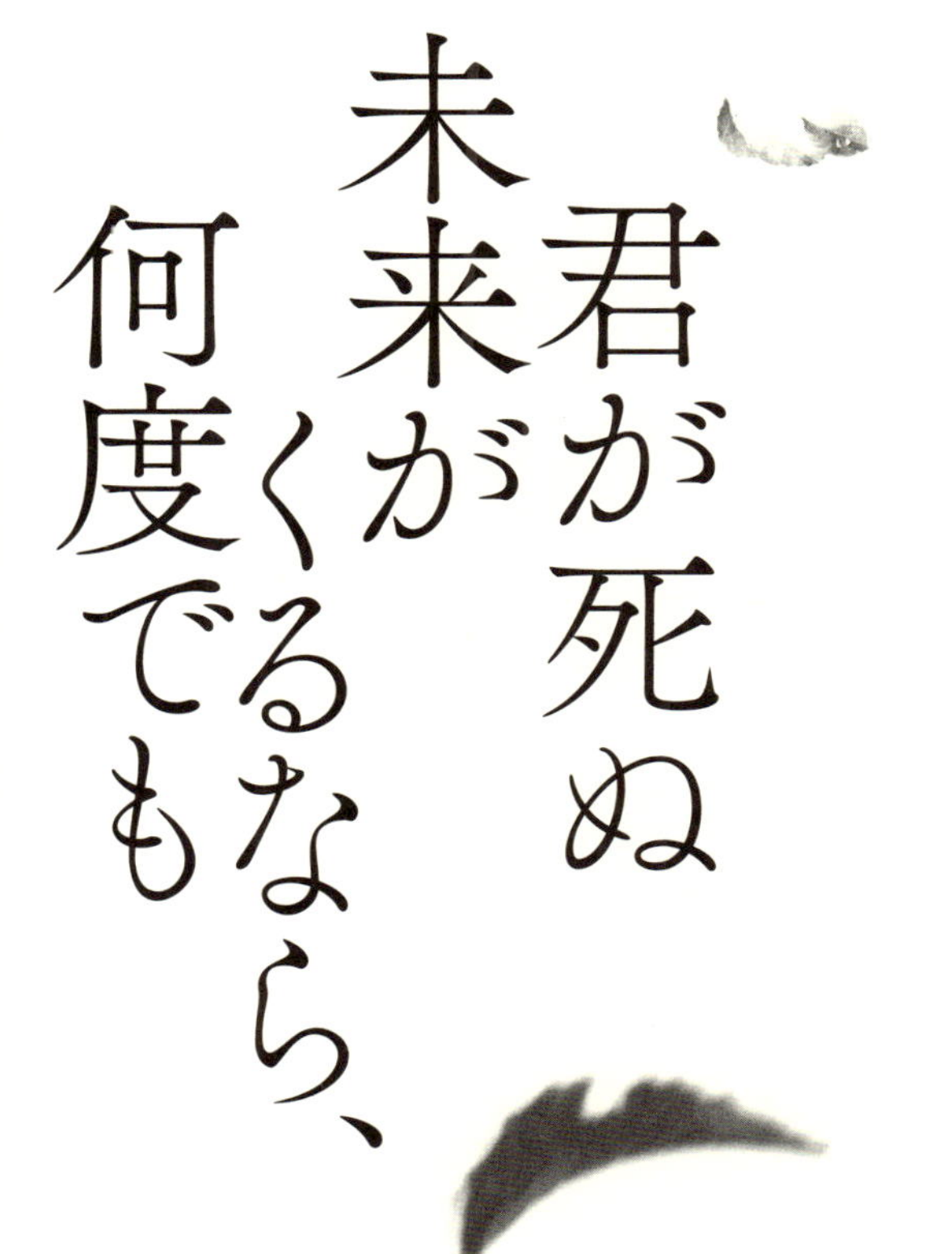

If death were to await you,
I would turn
the clock back no matter
how many times.

茅野実柚

集英社オレンジ文庫

神様　私に与えてください
変えられないものを受け容れる心の平穏を
変えるべきものを変える勇気を

そして、変えられないものと変えるべきものを
見分けられる叡智(えいち)を

『ニーバーの祈り』より

〝君は、神を見るだろう〟

言葉が、耳鳴りみたいに頭の中で鳴ってる。

そんなの、嘘だ。神様なんていない。「超越者」がいるとしても、それは神様じゃない。

ここに広がるのは、吹きすさぶ荒野だ――


その時私は、横殴りの突風に耐えていた。屋上の縁で、「犯人」と対峙しながら。

ぐらつく足元。引力に任せれば、地面はすぐそこだ。

「死」は、ひどく近い。いつだってすぐ隣にいたんだ。懐かしさすら感じる。

〝運命線を分岐させるのは、死亡フラグと恋愛フラグ〟

あの時、冗談みたいに響いた繋ぐ者の言葉に、今私は縋っている。

死ぬ未来を死なない未来に変えたいなら。

死なない未来を死ぬ未来に変えればいい。

死ねばいいんだ。私が死ねば、すべては変わる筈。

「いた、たたた……紡、どこ……」

倒れているあの子が気づく前に終わらせたい。その瞬間を見せたら傷つける。

「犯人」が私を見据えている。眼差しに宿るのは狂気よりもむしろ、恐怖だ。

何が正しいかなんて、わからない。同じ時の繰り返しの中で、
真実も正義もぐずぐずに融けてしまった。ただ砂時計を上下に返し続けているだけで、
時間の壁を突破できない。

理不尽には、真逆の理不尽をぶつけよう。そうすればきっと、未来は開ける。
生には死を。
死には生を。

〝愛してる〟
眩暈のような感覚が降ってきた。
言葉は消えた。私が消した。このまま時が続けば、きっと私の心からも消える。
でも、今跳んだら。
――永遠が見えるかもしれない。

「じゃあね。幸せに、なって」
この運命線は新しい未来へと続いてゆく。私が続かせる。

そして私は、跳んだ――

第一章　夢の終わり、そして始まり

長い夢を見ていた気がした。


そう、その日もいつものように私は目覚めた。いつもの「ピヨちゃん目覚まし」のピヨピヨ鳴く電子音を手探りで止めながら、枕に顔をうずめながら。

ベッドで伸びをしてから、枕元のスマホを握る。六時ちょうどだ。二つ目の目覚ましとして十分後にスマホのタイマーが鳴るまでベッドにいようと、うとうと眠りかけた時に、不意に手の中のスマホのメッセージ着信音が鳴った。こんな早朝に、誰？

『今、出られる？』

短い言葉。メッセージの発信者は――櫂（かい）くんだ。

名前を見た瞬間、心臓がギュッとなった。

お隣に住んでいる、ひとつ年上で同じ高校の高遠原（たかとおばら）櫂くん。別に私の彼氏でも何でもなくて、ただの幼なじみだ。今日、彼は学校を公欠してバスケ部の公式試合に行く筈なのに、一体何の用事だろう。

『五分くらいで出られるけど』

とりあえずメッセージを返して、私は慌てて起き出た。無難そうな私服をクローゼットから引っ張り出して着替え始める。すぐ『玄関前で待ってる』と返信が来た。

みるみる頬が染まっていくのが自分でわかる。服を着終えて鏡を覗き、ざっと髪を整えると頭をぶるっと振って、私は部屋を出た。


私は時計紡。平凡な高校一年生だ。

名字はちょっと変わっているが、別に家業は時計店でも何でもない。

都内の小さなマンションの一室で、電機メーカーの会社員である母と二人暮らし。三年前に両親が離婚し、父とはたまに会うだけ。平凡を絵に描いたような私……と思っているけど、友人の帆南に言わせると「積極性に欠けたヲタク」だそうだ（涙）。

オシャレに興味はあるが地味な服を選びがち。好きな人に告白なんて考えられない。好きなアニメキャラ（ピンクのしましまのうさぎ。すごくヘンで可愛くて魔法が使える!!）のラバーストラップを付ける時はスクールバッグの内側。……そんな半端なヲタクです。

六時五分。玄関を飛び出すと、早朝の廊下には誰もいなくて。

キョロキョロ探していたら、少し先の階段脇の空間に、背の高い櫂くんのシルエットが見えた。私が気づいて駆け寄ると、櫂くんが振り返って目が合う。思わず赤くなる。

櫂くんは幼稚園の頃からのお隣さん。同じ高校の一学年上にいて、成績優秀スポーツ万能、容姿にも恵まれ、生徒会長をしていたりする天上人だ。

「隣に超ハイスペ(ハイスペック)幼なじみなんて、ラノベやアニメの設定そのまんまじゃん」って友達には羨(うらや)ましがられるけど、家が近いだけだ。ベランダ乗り越えて彼の部屋で漫画読んだりとか、全然ないですから。子供の頃は毎日一緒に遊んでいたけど、中学に入学したくらいから距離ができて、今ではかなり遠い人。二人きりで話すなんて、本当に久しぶりだ。

「……あの、えーと」

あからさまにモゴモゴしてしまう私を見ても、櫂くんは相変わらず無表情で微動だにしない。そして無言のまま、ぬっと右手を差し出した。

生徒会長という立場柄か、周囲に「明るく親切だが、本当は冷たい人かもしれない」と思われている気がする。逆だ。櫂くんは不愛想でクールな方が通常。そして本当は優しい。

ためらいつつ両手で受け皿を作ると、何か細い鎖(くさり)のようなものが掌(てのひら)の上に置かれた。

「これ……何？」

気後れしつつ、両手の上をじっと眺めてみた。細い銀色の鎖に、小さく平たい楕円のペンダントヘッドが付いている。宗教的な絵が描かれているようだ。えーと、マリア像？

「やる。おメダイ」

「おめ、だい？」

「メダイはメダルって意味で、カトリックの信者がお守りのように身に着けるもの。俺も人からもらっただけで、詳しくは知らない。神父の祝福は受けてるそうだけど、仏教や神道のお守りと違って、持っていると効力があるとかそういうものではないらしい」

「それを何で、私に」

反射的に聞くと、燿くんは私を見た。何か言いかけて、困った顔でため息をついて視線を横に逸らし、さらに天を仰いだ。そして顔を下げてもう一度私を見る。

「俺もよくわからない。俺はこれを、今朝おまえに渡さなきゃいけないんだ」

「……説明に、なってないけど」

「説明しようがないし、説明してもどうせわからないよ。とにかくやる」

呆然としてしまう。こんな大事そうなものをいきなり渡されて、私どうしたらいいの？

両手の上におメダイを載せたまま、ぼーっとただ見つめていると、燿くんが言い足した。

「これを、しばらく身に着けてろ。首にかけておく必要はない。ポケットでも、腕に巻いても、何でもいいから手放すな。お守りみたいなものだけど、少しは役に立つ筈だって言われた」

言われた……？　誰に言われたんだろう。

燿くんの言葉には有無を言わせないものがある。基本ちょっと命令調なんだ。

「……よくわかんないけど、わかった」

「よし。ずっと持ってろよ」

燿くんが後ろを振り返り、背後に置かれていた大きなバッグを肩にかけた。

今日と明日は公式試合で、他県に行くと聞いている。日帰りできる距離だけど少し遠いので、チームメイトの親戚の旅館に泊まるんだそうだ。

「うん。あの……試合、頑張って」

今日は燿くんにとって、とても大事な日の筈だ。引き留めちゃダメだよね。

燿くんは私を見て、一瞬口元だけにこっと笑みを浮かべて、ポンポンと私の頭を軽く叩いた。大丈夫だよ、と言うように。

そしてエレベーターに向かって歩き出し、私はその背をぼんやり見ていた。

「紡」

不意に名前を呼ばれて、びくっとする。小さい頃は「紡ちゃん」って呼んでくれてたっけ。最近は名字や「おまえ」としか言ってくれなくなっていた。

「……いや、何でもない」

背を向けたままそう言うと、すぐエレベーターの扉が開いた。耀くんが乗り込む。

そして私に振り返り、一瞬だけ目が合って……すぐ扉は閉まってしまった。

心配そうな目だった。


何だったんだろう。よくわからない。私は家に戻ると、もらったおメダイを自室で首にかけてみた。制服を着ると、内側に隠れて外からは見えないようだ。

リビングに行き、キッチンにくっついた小さなカウンターテーブルにつく。

「おはよう、紡」

「おはよ、ママ」

スーツを着た母が、キッチンでバタバタと戸棚を開け閉めしている。この人の朝は忙しい。私が玄関を出入りしていた間は、シャワーを浴びていて気づいてないようだ。

年齢よりだいぶ若く見える、仕事好きでキビキビした母。いつも帰宅は遅く、あまり料理をしない人だが、朝は頑張って朝食を作ってくれるんだ。

ファミレスの洋定食のような朝食のワンプレートが目の前に置かれた。トーストにソーセージと卵料理、そしていつもミニサラダが付いている。今日はサニーレタスだけみたい。

「プチトマト、傷(いた)んでたの。買ったばかりなのに！」

「別になくていいよ」

朝はあまり食欲ないし、と言いそうになって口ごもる。

調理後のフライパンも食器も、帰宅後私が片づけることになる。夕飯担当は、ここ何年も私だ。正直、朝は無理せずコーヒーに菓子パンあたりでいいのではないかと思っているんだけど、母の一生懸命さを見てなんとなく言いだせずにいる。

「おいしそう。卵が絶妙な半熟」

初めてかもしれない。ただの目玉焼きなのに、母は毎日、多彩なバリエーションで失敗するんだ。固過ぎたり、黄身が派手に崩れたり。今日はとても綺麗(きれい)な楕円形だ。

「そう？　よかったー！」

母は冷蔵庫を閉めて振り返り、子供みたいな笑顔を浮かべて――ふと、真顔になると、何かを思い出したかのように目線を落とした。

「ねえ、紡。昨日の夜、あなたのパパからメール来たよ」

私は驚いて、こぼさないよう丸ごと食べかけていた黄身をお皿に落としてしまった。

「メールのやり取りなんて、してたんだね」

父のメールアドレスを、私は知らない。メッセージのＩＤなんて、もっと知らない。

離婚って不思議だ。仲のよかった父が足早に出て行って。最初は親同士の約束で定期的に会っていたけど、父が引っ越してしまって。気づけば半年くらい会ってなくて。

「あの人とはさ、生き方がズレてっちゃったから、離婚は致し方なかったんだけど。でも嫌いで別れたわけじゃないからね。今は友達って感じよ」

母の声は穏やかだった。

「紡に会いたいって書いてあった。ちょっと淋しそうだったよ。ほら、今日はあの人の誕生日でしょ」

ハッとする。今日は六月二日。パパの誕生日だった――

「忘れてた。一応私、娘なのにね」

「致し方ないよ。去る者は日々に疎し」

致し方ない、は母のよく使う言葉だ。悲しいこともツライことも大変なことも、母は気合と決意をこめた「致し方ない」の一言と共に乗り切ってきた。父はそんな母のことがたぶん今でも好きで、自分の誕生日の前日にメールなんて送ってきちゃうんだろうな。

「連絡先、あなたのとこにメールしとくね。声かけてあげなさい」

母がスマホの表面に指を滑らせながら言う。間髪入れずに私のスマホが鳴った。

「……わかった」

どんなメールを書けばいいのかな。電話した方がいいかな。連絡先が表示されたメール画面を見ながら、久しぶりに父のことを思い浮かべて……。

そんな、朝だった。何度も何度も思い返した運命の朝。

朝食をゆっくり済ませると、洗面所で鏡を覗いて、はねやすい髪にドライヤーをかけて。首にさげたおメダイのメダル部分を、胸元から取り出してじっと眺めてみた。銀色の楕円形メダルに青い七宝焼きが焼き付けられていて、聖母マリア像のシルエットが浮かび上がっている。綺麗だ、と思った。

うちの学校の規則はあまり厳しくないけど、アクセサリー類を付けていると注意される。このおメダイは制服の下に隠れるから、大丈夫だろう。

リビングの壁掛け時計で時間を見てから、家を出る。七時十分。

玄関のドアを開けると、隣の部屋のドアもほぼ同時に開いた。

「つむぎー。おはよう！」

私より先に笑顔で挨拶してくれるのは、隣家の高遠原暖。耀くんの妹だ。

人混みにいると浮き上がって誰もが目を離せなくなる、とびきりの美少女。私は彼女の微笑(ほほえ)みを毎朝、何年も見ているのに、今も見るたびドキッとさせられてしまう。

「おはよう、暖」

「会いたかったよぉぉ」

今日も暖は笑顔のまま、駆け寄って私の肩に頬をすり寄せてきた。ふわふわした茶色のロングヘア。細い喉(のど)が奏でる、ハープの調べのような柔らかい音。華奢(きゃしゃ)な手足は折れそうに儚(はかな)く映る。隣にいると、平均サイズの自分が牛にでもなったような気分になる。

「紡、今日も超可愛い。食べちゃおうかなあ、ぱく」

「や、やめて。肩を噛(か)まない！」

肩口に向けて小さな口を開ける暖を、必死で止める。仕草はいつでも猫のようで、ふわふわした容姿に似つかわしい。そして、大きくて黒目がちな目で下から私を覗き込むんだ。

暖はつくづく可愛い。そして成長と共に魅力を増してゆく。体育の授業の時は、全学年の窓に暖見たさの男子が張りつく、学校のアイドル的存在だ。

ここは駅から五分の分譲マンション。比較的新しい地下鉄路線で、駅周辺は静かな住宅街だ。新築時、うちもお隣も同時入居した。その頃は、まだ暖はいなくて――――。

「お兄ちゃんは六時前に家を出たの。泊まりでいなくなるなんて初めてだからなんか緊張しちゃう～～。お兄ちゃんがいないなんて、今日私、生きていけるかなあ？」

大袈裟(おおげさ)な言葉だけど、暖が言うとリアリティがある。暖の世界の中心はいつでも櫂くんで、櫂くんなしでは生きていけそうにない子だから。

その時私は、櫂くんにさっき呼び出されたことが気にかかっていた。

暖には黙っておいた方がいい気がする。

「バスケの公式試合って、平日にやるものなの？　普通の学校は授業あるよね？」

さりげなさを装って聞いてみた。

「今年はたまたま金曜になっちゃったみたい。でも予選は授業とかぶらなかったから、勝ち残れたチームだけだし」

暖はそう言うと、少し頬を染めた。そしてふと首を傾(かし)げ、私の顔を覗き込んだ。

「ねえ紡。何か心配事があるんでしょ」

勘の鋭い暖は、私の様子がいつもと違うことに気づいたようだ。一瞬ドキッとしたけど、なんとか気を取り直す。

「別に何もないよ」

暖は私の言葉を信じていない。にこっと笑うと大きな目をさらに大きく見開いて。

「言いたくなったら言ってね。紡を守るのは私なんだから！」

暖の口癖だ。薔薇(ばら)の蕾(つぼみ)のように美しく、私よりずっと華奢な手足を持つこの少女は、何(な)

故か私の警護役を自任しているのだ。

マンションに入居した頃、私も櫂くんも幼稚園児だった。

お隣は、お父さんと櫂くんの二人家族で、離婚したばかりで。父と息子で助け合って暮らしていた。

お父さんの帰宅が遅い日に、彼はよく我が家に預けられていた。でも彼はとても大人びた子供だったので、預けられていたのは私の方だったかもしれない。

私は彼を兄のように慕い、いつでもくっついて回っていた。

学年が違うこともあって、幼い頃は知らなかったけど、彼はいわゆる神童だった。私と櫂くんの通っていた近所の公立小学校は中学受験をする子が多く、高学年になると大半が進学塾に通う。櫂くんは塾の優秀者として貼り出されるようになり、私は彼の飛び抜けた賢さを知った。

学年でも学校でもトップで、どんな中学も狙える成績だった。きっとトップクラスの男子校に行ってしまう、遠い人になるんだと覚悟したけれど、彼が選んだのは家から近い共学校だった。男女同数で募集は中学のみ。ワイルドで自由な校風のせいか男子に人気があり、合格基準偏差値は男子の方がかなり高かった。

彼よりだいぶ低い成績の私でも、ギリギリ入れるかもしれない——そう思って第一志望を櫂くんの入った中学に絞り、猛烈に勉強した。そして翌年、なんとか合格できて……。

中学入学式の朝、自宅のドアを開けた。と同時に、お隣から女の子が出てきたんだ。

私と同じ制服を着た、とても美しい……周囲を圧倒する空気感を纏(まと)った少女が。

少女は恥ずかしそうな微笑みを私に向けると、小さく「よろしく」と言った。

その時、最近になって近所で一度だけ見掛けた子だと気づいた。

櫂くんに私と同じ歳(とし)のとびきり可愛い妹がいて、その春からお隣に住むようになったことを、私はその時初めて知ったんだ。

私と暖はすぐ仲良くなった。暖はいつだって、天使のような笑顔で屈託なく「つむぎー」って私を呼んで駆け寄ってくる。学校でも、遊びに行く時も、いつでも一緒だった。

いつでも身体(からだ)のどこかに触れていたがり、抱きついたり、腕を掴(つか)んだり、顔がくっつきそうなほど頬を寄せてくる暖。暖は人気者で、オシャレで可愛くてヲタクでもなく、共通点なんてないのに。もしかしたら、「好きな人」が共通点だったのかな。

暖と私のごくごく近くにいる、同じ人こそが。

〝私とお兄ちゃんは一生離れることはないの。だって——〟

不意に耳元に声が響いた気がして、慌てて首を振る。

私には関係ない。胸が痛む理由はない。だってもともと、手の届かない人だから。

「……おーい紡、聞いてる?」

ハッとして顔を上げる。地下鉄に乗るために、深く深く地下に潜ってゆくエスカレーターの途中で、暖が一段下の私に呼びかけたんだ。

「あ、ごめん。ちょっと聞いてなかった」

「あのね、最近、帆南ちゃんがお兄ちゃんにベッタリなの。帆南ちゃん、絶対お兄ちゃんのこと好きなんだと思う」

ぷう。頬を膨らませてる暖は、とても可愛い。暖は、学校でもブラコンで有名だ。でも私は、二人の間柄が「仲のいい兄妹(きょうだい)」というだけではないことを知っている。

「でも、帆南は、ほら。副会長だから、あくまでも生徒会役員の仕事のためだよ」

とりあえずこの程度に言ってみた。帆南は同じ学年で別のクラスにいる友人だ。可愛いのに私よりもディープなヲタで、私と仲がいい。うちの学校の生徒会役員は中高共同なので、暖も帆南も中三から役員をしているんだ。私は無印の平民だけど。

「そうかなあ。こ――――んなに顔を近づけて、ひそひそ話しかけてて、怪しいの」

暖が、後ろから私の頬にくっつきそうなほど顔を寄せた。アイドルばりの美少女にいきなり顔を寄せられ、思わずエスカレーターを踏み外しそうになって慌てる。

「大丈夫よ、燿くんに限って」

暖を差し置いて他の子のところに行く筈がないから。

「そうかなぁ。う～ん……」

言わずにおいた二行目が伝わったかどうかわからないが、暖は一応黙った。

そして駅のホームに降り立ち、すぐに来た電車に乗り込む。

混んだ電車内で吊り革に摑まって揺れていると、暖のしなやかな指が髪に触れる。

「ねえ、髪直してあげる」

「綺麗な髪。まっすぐで羨ましいな」

「真っ黒で直毛なだけ。みんな暖の髪に憧れてるんだよ」

暖は「手ぐし」で私の髪を梳き、後頭部に頰ずりしながら抱きついてきて……ふと黙ってしまった。燿くんはモテるから、暖が心配するのもわかる。

帆南が燿くんを好きなんて、考えたこともなかった。私は帆南とはヲタ友だから、よく一緒に新宿や池袋のアニメショップに行く。いつも斜に構えたクールビューティだけど、実は面倒見がよくて優しい。てっきり二次元にしか興味がないと思っていた。

でも生徒会の副会長に推薦された時、帆南は断らずに引き受けたんだよね。それは燿くんが生徒会長だから……？

高遠原家は、妹の暖が加わって以来三人家族だ。我が家は逆に、同じ頃に両親が離婚して二人家族になってしまったけど。

高遠原家の両親が離婚した時、お父さんが燿くんを、お母さんが妹の暖を引き取った。でも暖が小学生の時、お母さんが亡くなってしまった。それで暖は、中学入学と同時にお隣の高遠原家で暮らすことになった。

暖は過去のことを話さない。「ここに来る前は、遠いところにいたの」と言うだけ。

学校での燿くんは、「クールだけど意外にもシスコン」と言われている。暖が男の子に告られたと聞くと、一学年下の教室まで相手の様子を見に来たりするので。

私は、燿くんが共学の学校を選んだ理由がわかった気がした。妹が移り住んで来ることを見越して、中高と同じ学校に通って暖を見守るためだったんだ。

燿くんは当然モテる。でも、燿くんの後を追うように生徒会に入り、書記に収まって兄をガードしてる暖を差し置いて、誰が燿くんに近づけるだろう？

暖だって、もちろん超人気だけど、暖にも男の子が近づけない。学校一モテる兄と妹がお互いを守り合っているのだから、最強のディフェンスチームである。

三駅隣なので、電車はほんの五～六分で着いた。

広々とした坂道を暖と並んで上る。校門を入り、昇降口で靴を履き替え終えたところでいきなり右腕と左腕が同時に引っ張られた。

「おはよう！」

「会いたかった！」

いきなり両方の腕を抱き締められる。そのまま、両側の肩に手が置かれて、両頬に息がかからんばかりに顔を寄せられた。同級生の橘麻衣と結衣。双子の姉妹だ。

彼女らはそっくりでファッショナブルな美双子だ。私の人生の登場人物は何の因果か美少女ばかり。双子は最近ツインテールで、×2となることで恐るべき存在感だ。

「あ、あなたたち……ちょっとくっつきすぎ。離れてー」

うちの学校はクールな子が多いせいか、橘姉妹を見ても特に大騒ぎする子はいない。でも私は毎日、見るたびに驚愕してしまう。美双子が手を繋いで、線対称に走ったり線対称にダンスのステップを踏んだりするんだよ？　なんでみんな驚かないの？

私の反応を面白がり、橘姉妹は何かと抱きついてくるようになってしまったんだ。

「どうしてダメなの？」

「いいじゃない。ね？」

どっちが麻衣でどっちが結衣だっけ。右と左を見比べながら、途方に暮れる。

やっとのことで二人を振りほどくと、悲しそうに口元にぐーを当てている双子を前に、私はため息をついた。その横を、何か考え事をしている様子で暖が通り過ぎてゆく。

「あ、暖。後でね！」

声をかけたが、聞こえたのか聞こえなかったのか、返事はなかった。

とりあえず私は、もう一度双子の方を向く。

「ダメだよ。いきなり二人がかりで抱きついてこられると、心臓に悪いもの」

「私たち、いつも二人一緒のせいか、近寄り難いって言われちゃうの」

「紡ちゃんは絡んでくれるから、嬉しいの。もっと遊んでほしいな」

そりゃ、近寄り難いだろう。だって二人で存在が完結しているように見えるもの。

「みんな、あなたたちの区別がつかなくて、話しかけにくいんじゃないかな……」

一卵性双生児って、遺伝子が同じでも高校生にもなると個性の違いがハッキリしてくると聞くけど、私は橘姉妹を何度見てもちっとも区別がつかない。

「どうせ一緒にいるんだから、まとめて声をかければいいのに」

「私たちも、時々どっちがどっちかわからなくなるし」

「え、マジ？」

　まさか、そういうものなの？

「嘘よ」

「ふふ」

　二人でおでこをくっつけあうようにして、くすくす笑う。

「時間オーバーしてる！　グラウンド十周！」

　野球部顧問の先生の怒鳴り声が聞こえて、私はびくっとして校庭の方を見た。この時間帯は野球部の朝練かなあ。うちの学校の野球部は弱小みたいだけど、なんだか厳しげだ。

　そこでふと、一時間目の予習がまだ終わっていないことを思い出した。

「ごめん、急ぐ。リーダー当たっちゃうから予習しなきゃ！」

「うん、わかった」

「またね」

　同じ笑顔で線対称に手を振ってくれる。私は片手を上げ、階段を早足で上り始めた。

　高一の教室ってどうして上の方の階にあるのかな。うちの高校、敷地が狭くて建物の階数が多すぎるよ。私は息を切らせながらやっと五階まで上がった。一階からエレベーターを使えばよかったよ（本当は生徒の使用禁止なんだけど、皆守らない）。

暖とは高一で初めて同じクラスになれて、E組。教室に入ると、ざわめきの中で暖がぽつんと自分の席についていた。その目はじっとスマホ画面を見つめている。

両手でスマホを握って、大事な連絡を今か今かと待っているみたいに見える。

暖の席は窓側から二列目の一番後ろだ。私は、その三つ隣。

それから午前中の間、ずっと暖はスマホを握りしめたまま、上の空だったと思う。

授業中も、暇さえあれば机の下でスマホをじっと見て何かを待っている。うちの学校は授業中に携帯電話をいじることは厳禁で、見つかれば本当に没収されてしまう。三時間目の数学の先生はとても厳しいので、暖の様子を横目に、ハラハラしてしまった。

「暖、あの……何か、あった？」

休み時間に声をかけてみると、浮かない顔のままで。

「ううん、大したことじゃないの。ちょっと頭が痛かったんだけど、もう治った」

なんとなく「そっとしておいてくれ」という意思を感じ、自分の席に戻ろうとして。

「あのね」

背中に声がかかって、振り向く。暖はまっすぐ教壇の方を見ている。何を言おうとしているのかわからず美しい横顔をただ見つめていると、暖がゆっくり私の方を見た。

「……紡、大好き」

暖はそう言ってふわっと微笑った。暖は毎日のように「大好き」と言ってくれるけど、それは櫂くんと私にしか言わない特別な言葉だと知っている。

ただ、今日は何故か胸を締め付けられるような、儚い笑顔だった。

私は、まだこれから起こる嵐みたいな未来が想像もつかなかった。櫂くんは無事に勝ち進んで試合に行って、いつものように授業は退屈で眠くて。

ただ、儚い笑顔だけが胸に残った。ゆっくり舞い落ちてきた羽毛のように。

四時間目の終わり頃、ふと気づくと暖が顔を上げてまっすぐ教壇の方を見ていた。

もうスマホを手に持っていない。その横顔はどことなくスッキリした様子で、凛々しささえ漂わせていた。ずっと待っていたメッセージが来た、ということだろうか。

昼休み。いつもは一緒にお弁当を食べるのに、その日の暖は、「ちょっと生徒会の用事があるの。ごめんねっ」と申し訳なさそうに言って、教室を出て行ってしまった。

帆南のクラスに行こうかなと思ったけど、帆南も生徒会役員だから忙しいかもと思い直し、同じクラスの友達のお弁当グループに入れてもらうことにする。

私は今期のアニメの話で盛り上がっている子の話を聞きながら、パンの袋を開けた。前日に母が駅前のスーパーで買ってきてくれた、焼きカレーパンとチョコチャンクスコーン。閉店間際だとどちらも残っていないことが多いので、運がよかった。

カレーパンを食べ終えてマグボトルのジャスミンティを飲んでいると、パンの空の袋がはらりと落ちてしまって……慌てて腰をかがめて拾い上げ、ほっとしていると隣の真理奈(まりな)ちゃんが「あの」と声を出した。

「……何、かな?」

真理奈ちゃんが声を落とし、耳の近くでそっと言う。

「紡ちゃんネックレスしてるでしょ。身体を動かすとね、キラッキラッて光るの。けっこう目立つから、外した方がいいかも」

「あ……ありがとう。外からは見えないと思っちゃってた。ホントありがと」

先日、イヤリングを外し忘れた子が先生に取り上げられてしまったのを思い出す。一度取り上げられると、しばらく返してもらえないという噂(うわさ)がある。

私は席を立ってトイレに行き、個室でそっとネックレスを外しポケットに入れた。

トイレから教室に戻ろうとした時、横をクラス委員の佳里(かり)が追い抜いていった。教卓に両手を置いて「バスケ部初戦、勝利しました!」と叫ぶ。クラス内に歓声が広がった。

初戦で強豪校と当たってしまったので、心配していたんだ。よかった。

私は席に戻った。他の子の会話が盛り上がっているのを聞き流しつつ、チョコチャンクスコーンの袋を開ける。さっき暖は、誰からのメッセージを待っていたんだろう――


午後の授業の予鈴が鳴った。五時間目は現代国語だ。今日は漢字のミニテストが行われるので、クラスメイトは必死で暗記している。なのに、暖が戻ってこない。

私はなんだか胸騒ぎがして、キョロキョロと周囲を見回した。

「あの、暖、知らない？」

同じ漢字をルーズリーフに埋めている同級生の由真（ゆま）に、そっと聞く。暖の隣の席の子だ。

「え。ちょい待って！」

顔も上げないまま、由真は『悠哉（ゆうや）　悠哉　悠哉　悠哉　悠哉……』と書き続けている。

そんな漢字、テスト範囲にあったっけ？　と思って彼女が左手を置いているテキストをそっと見ると『ゆうちょうに構えている場合ではない』と書いてある。

「あのさ、もしかして『悠長』じゃないかな……？」

「え。あ、ああああ！　やばっ」

真っ赤になってルーズリーフを折り畳む。

「いやーお恥ずかしい。つい彼氏の名前を無意識に書いてた。助かったよ、テストで書いたらハナコ女史経由で職員室の噂になっちゃう。えーと暖？　全然見てないごめん」

現代国語の華子（はなこ）先生のことだ。ハナコ女史は時間厳守の人で、時間前に教壇に立っていて、チ本鈴も鳴ってしまった。気さくで恋バナが大好きな、黒縁メガネの三十代。

本鈴も鳴ってしまった。ハナコ女史は時間厳守の人で、時間前に教壇に立っていて、チャイムと同時に漢字テストの問題用紙を配り始めた。手帳を片手に教室を見回す。

「えーと、いないのは……高遠原さんね。今日は欠席？」

一番前の席の子が首を振る。

「具合が悪くて保健室に行ったとか？　誰か聞いてない？」

しん、としている。一番仲のいい私が何も聞いていないのだから、他の子が聞いているとも思えなかった。暖は品行方正で知られており、授業をサボるのは想像しにくい。

「問題用紙は行き渡りましたか？　じゃ、開始」

暖が不在のまま、テストは開始された。クラブの昼練やうっかりミスで授業に遅れる子はよくいるし、いちいち気にしても仕方のないことだ。

しかし暖は、テストが回収され授業が始まっても、戻ってこなかった。私は気になって仕方がなくて、暖のいない席をチラチラ見ていた。

もうすぐ体育祭なので、全校で練習に気合いが入りつつある。

競技自体よりも応援合戦の方が盛り上がるのが、うちの学校の特徴だ。五時間目、校庭ではずっと応援の練習をしているようだった。今年流行した音楽と共に、手拍子と「ヘイ！」という掛け声が交互に聞こえる。

「後ろの方、半拍遅れてるぞ――――!!」

体育担当の間中先生のマイク音が、ひときわ大きく響いた。声の大きさにハッとしたのか、教室の生徒たちも一斉に窓の方を注視する。

ハナコ女史が話を止めて窓の方を見やってから、ため息をついて生徒たちに向き直った。

「皆さん、そりゃあ現国なんて、青春の体育祭と比べればどーでもいい授業かもしれません。しかし!!　母国語の能力を磨くことは人生に必須です。将来恋人に愛を語る時に、その愛は、あなた方の日本語の表現力に依存するんですよっ!!」

また、ハナコ女史の愛の話が始まった。と思ったのか、視線を窓の方に向けたままの生徒が多かった。食後で少し眠くて、授業への集中力を欠いているかもしれない。

私も暖の席をぼんやり見ていたので、顔を窓側に向けていた。

ふわっ

その時、影が窓の外を過ぎった。上から下に――縦に過ぎったんだ。

そして、まさに「半拍遅れ」に。永遠のような一瞬を経て……

あまり重みの感じられない音が遠く聞こえた。「とすっ」というような。響き渡るでもなく、教室内がざわめいていれば聞き逃しそうな――

「何？　今の何？」

「何か上から落ちてきた？」

窓際の生徒から、教室全体にざわめきが広がっていく。

何かを予感したのか、ハナコ女史が窓に駆け寄る生徒を押し退けるようにして叫ぶ。

「皆さん、席について！　席を立った方にはマイナス点つけますよ！」

そして、窓辺に行って下を覗き込み――ひゅっと喉の奥から叫びに近い声をあげて立ち竦んだ。数秒後、ハナコ女史は青ざめた顔で振り返り、教室の戸に向かいながら。

「あなた方は見てはいけません！　皆さん、席についで。絶対見てはダメですよ。安易な行動は慎んで、皆さん自身の心を守ってください!!」

そして戸の前で振り返り、緊張した面持ちで教室をぐるりと見回した。

「しばらく自習です。クラス委員さん、誰も教室を出て行かないようお願いね。先生はちょっと状況を確認しに行きます」

ハナコ女史が急ぎ足で出て行った後、高校生たちが自制心を保てる筈もなかった。皆が窓に駆け寄り張りついて、外を必死で覗き込む。

「飛び降り！　飛び降り！」

「誰だよ一体……」

「自殺？」

「あれ、死んでるよね」

私もヨロヨロ窓辺に行って隙間から覗き込むと、この教室の下方、硬いコンクリートの地面に不吉な血だまりがあり、その上に制服の女の子が横たわっている。横顔が見える。暖だ。

ざわめきが遠く感じられる。目の前が霞む。

衝撃でふらつきながらも脳のどこかが妙に冷静なまま、私は変わり果てた暖を見下ろしていた。靴を履いたままだ。外履きよりよほどガッチリした、学校指定のスニーカーを。

「うそ、あれ暖じゃない？」

誰かが鋭い声を発したのに反応するように、私は顔を上げた。騒然としているクラスメイトをかき分け、教室を飛び出す。誰かの止める声が聞こえた気がしたが、無視する。暖が自殺する筈がない。ずっと元気だったし、悩み事を抱えていたとも思えない。

午前中、暖はスマホを握りしめて、メッセージをずっと待っていた。浮かない様子だったのは、メッセージの相手とトラブルがあったの？　昼は生徒会の用事があると言っていたけど、嘘かもしれない。メッセージの相手に呼び出されて――殺された？

暖が死ぬなんて信じられない。こんなこと、あってはならない。

私は階段を上った。一階に駆け下りて確認しに行く気にはなれなかった。

血まみれの暖を目の前で見たら、なんだかすべてが本当になってしまいそうで。

何故か「犯人を捜さなきゃ」って思っていた。誰が突き落としたのかがわかれば、きっと何とかなる。後から思えば、どうしてそんな風に思ったのか謎だけど。

六階に着いた頃に気づく。うちのクラスの窓は五階だけど十センチしか開かない。危険防止のためだろう。ましてや六階の窓が大きく開くとは思えない。

――なら、屋上だ。

六階から屋上階へ階段を上り、狭い踊り場に着いた。屋上は立ち入り禁止で、通常、扉にはしっかり鍵がかかっている。でももし、暖が屋上にいたなら――

私はドアノブを回した。案の定、開いた。天文部だけは屋上を使っていると聞くので、封鎖されてはいない。鍵さえ手に入れば、屋上に出られるということだ。

たまたま今日、開いていた？　誰かが鍵を使って開けた？

屋上に飛び出す。初めて見た屋上は、どこか荒涼とした、手入れされていない長方形の空間だった。校庭側の柵に駆け寄る。一二〇センチ程度の、なんとか乗り越えられる高さの柵だ。

校庭を覗き込もうとしたが、柵の向こうに一メートル程度の空間があり、乗り出しても地面がよく見えない。見回すと、屋上の端に椅子（いす）が置かれていた。背もたれに「天文部」と大きく下手な字で書かれている。あそこから、椅子伝いで柵を乗り越えたの？

「現場保存」なんて考えは私にはなかった。これから起こることを予感していたのだろうか、わからない。私は知らなければならなかった。できる限り多くのことを。

私は椅子を運んできて、椅子に乗って柵から乗り出す。地上が見えた。倒れている暖と、少し距離を置いて取り囲むような人だかり。

頭をぶるっと振る。嘘みたいだ。こんなの、おかしい。

ここから落ちたのだとしたら――――ここが事件現場。

妙に乾いた感覚で思う。全然現実感がないんだ。

靴を揃（そろ）えて置いてあるわけでもない。暖は靴を履いていた。遺書も……見当たらない。

心なしか、屋上の柵に積もった塵のような汚れが、広範囲で乱れているように見える。決意の飛び降りというよりは、争った後のような——

「……っく」

背後で声が聞こえて、びくっとする。

「う、ううっ……っく、うぇ、っく……」

振り向くと、女の子が両手で顔を覆って泣いている。

「ほ……帆南？」

帆南が泣きじゃくっている。いつも冷静で、情報通でちょっと皮肉屋で、いつでもお姉さんぶっている帆南が。

「どう、どうし、よう……私、私の……せい……っく、うぇ……」

そのまま吐くか倒れるのではないかと思い、私は駆け寄って帆南の肩を抱こうとした。すると、帆南が凄い力でそれを振り払い、号泣する。

「私のせいだよぉ!!　私が……私のせいで暖が……」

〝最近、帆南ちゃんがお兄ちゃんにベッタリなの。帆南ちゃん、絶対お兄ちゃんのこと好きなんだと思う〟

今朝、暖はそう言っていた。やっぱり帆南は櫂くんが好きだったの？

それで暖と……何か争いがあった？

〝私とお兄ちゃんは一生離れることはないの。だって――――〟

暖は、頬を染めながら私に言った。

〝私たち、血が繋がってないから……〟

このことを知っているのは、この学校ではたぶん私だけだ。

でも帆南は何も知らなくて、燿くんを好きになってしまって、近づきすぎて、暖はそれを許せなくて言い争いになって……帆南が暖を突き落としてしまった？

「あ、あ……っく、う、うぅぁ……」

帆南が膝（ひざ）をついて嗚咽（おえつ）している。いつだってクールな帆南が、壊れてしまいそうだ。

何がなんだかわからない。何がどうして、こうなっちゃったの？

ざわめきがどんどん大きくなっていくのが、遠く聴こえる。人々は、校庭の衝撃的な現場に集まっていて、暖がどこから落ちたかなんて、まだ気にする余裕がないみたいだ。

私は何かにすがるように、ポケットに手を入れた。

〝お守りみたいなものだけど、少しは役に立つ筈だって言われた〟

燿くんの言葉を思い出し、必死な気持ちでおメダイをポケットの中で握りしめる。

今朝の櫂くんは、私がこうすることを予感していたかのようだ。怖くて苦しくてどうしようもない。足が震え、胸も頭も破裂しそうに痛む。

カトリックの信者はどうやって祈るんだろう。祈りの言葉なんて知らない。

神様マリア様助けてください。暖を助けて。こんな現実はおかしい。

こんなの、夢だ——


そこで意識が途切れた。

第二章　夢になる夢を、みる

暖(のん)と初めて出会った場所は、花びらの舞い散る坂道だった。


十二歳の春の日。私はひらひらと舞う桜の花びらの中を、歩いていた。

その時私は、中学校の入学式を数日後に控え、漠然とした不安を感じていた。

志望校に合格した嬉(うれ)しさよりも、不安の方が強かった。入学する中高一貫の私立校は、一応難関校。私の偏差値は合格可能性八〇％には程遠く、五〇％すら危ういあたりで。なんとか合格はできたけど、私の実力はたぶん、合格者の中で下の方。

櫂(かい)くんのいる学校だけど、学年は違う。勉強についていけるのか、友達はできるのか。考えれば考えるほど不安が押し寄せてくる。

花びらが敷き詰められた歩道を、俯(うつむ)きながら自宅に向かって歩いていたんだ。

ふと、強い春風が吹き付けてきた。

「……っ」

大量の花びらに包みこまれ息ができなくなって。

風が通り過ぎ、私はほっとして身体(からだ)についた花びらを払った。

ふと見ると――目の前で、少女が桜を見上げているのがわかった。

そして少女は、ゆっくり私に振り向いた。


幻想的な絵画の中に、足を踏み入れた気分だった。


少女は淡い水色のワンピースを着ていて、どこか哀(かな)しそうで。

儚(はかな)くて切なくて、この世のものではないみたい。「特別」な少女――。

ふと、少女の大きな目から涙がまっすぐに頬(ほお)を伝うのが見えた。思わず声を発する。

「どうしたの？」

少女は涙を拭いもせず曖昧(あいまい)に微笑(ほほえ)むと、透き通った眼差(まなざ)しでまた桜を見上げた。

「母にね、東京に行きなさいって言われたの」

唐突な言葉。取り巻く世界が急に、白みがかったペールトーンに色調を変えた気がした。

「夢に死んだ母が出てきて……」

死んだお母さん？　私が戸惑っていると、少女が続けた。

「あなたは世界を守りなさいって」

そんな言葉に、私は何と返せばいいんだろう？

少女が微笑んだ。白く淡い世界の中央で、真紅の薔薇の蕾がそっと開花するように。

「夢は、夢よね。でも私――――世界を守らなければいけないのかも」

眩暈がした。


別世界に迷い込んだような感覚。

少女は腕も脚も、壊れそうに細く華奢で。壊れ物のような、ガラス細工のような儚さを身に纏っていて。こんな弱々しい少女が、「世界を守る」？

でも、何故か滑稽に感じなかった。

少女はこの世界を愛していて……そして世界を、その細い身体で全身全霊をかけて守りたいのだと、そんな風に理解したんだと思う。


「あ……花びら」

少女が指す先に私の髪があり、そこには一枚の桜の花びらが引っかかっていた。

「花びらを摑もうとしてたの。私の住んでたところでは、桜がこんな風にひらひら散らなかったんだ」

この坂道で桜を見上げていたのは、そのためだったんだと気づく。

「花びらが地面に落ちちゃう前に摑めれば恋が叶うって聞いたことがあるの。ずっと頑張ってたんだけど、けっこう難しいね」

「これを取れば？　地面にまだついてないし」

私が自分の髪を指して言うと、少女はまた、花が咲いたように微笑んだ。

「いいの？」

「もちろん。どうぞ」

手を伸ばした少女の細い指が、私の髪に触れ、そっと花びらを摘んだ。

そして大事そうに掌に載せ、目を伏せた。

「東京には、大切な人がいるの」

その「大切」にとても強く甘い意味がこめられていることは、幼い私でも気づいた。

少女の「大切な人」が、私の「大切な人」と同じだったなんて。

その時は知るべくもなかったんだ。

長い夢を見ていた気がした。

「ピヨちゃん目覚まし」がピヨピヨ鳴いている電子音を手探りで止めながら、私は目覚めた。

意識が混濁（こんだく）してる。地上に横たわる暖と、不吉な血だまり――――

叫び出しそうになってがばっ！　と起き上がり、周囲を見回す。

枕元のスマホを見ると六時ちょうど。あれ、朝？　今私、夢を見てた？

最悪の夢だった気がする。暖が死んでしまうなんて。でも、何もかもの記憶が生々しくてリアルだ。スマホを握りしめる手が汗ばむ。今日は一体何月何日⁇

画面に浮かび上がる日時は六月二日６：00だ。18：00ではない。朝なんだ。

そこで、不意に手の中のスマホの着信音が鳴った。

『今、出られる？』

短い言葉。メッセージの発信者は――――耀くん。一瞬クラリと眩暈がした。体感的には半日も経ってない時に、全く同じメッセージをもらったような。

『今どこにいるの？』

　慌ててメッセージを返す。

『玄関前』

　即座に返信が来た。強烈なデジャブと違和感で、頭の中が飽和しそうだ。燿くんは公式試合にまだ行っていない。慌てて返信メッセージを送る。

『五分くらいかかる』

『待ってる』

　夢と全部同じ？　私は混乱しながら私服をクローゼットから引っ張り出し、着替える。夢の中で暖が死んだ。そして今、夢と同じ一日が始まろうとしている？

　玄関を飛び出し走る。階段脇の空間に燿くんがいて、目が合う。

「……あの、燿くん。これは何？」

　私の掌の上に置かれたおメダイは、夢の中でもらったものと全く同じだ。

「やる。おメダイ」

「メダイは、メダルって意味なんだよね？　どうして燿くんが私にこれをくれるの⁉」

櫂くんがため息をついて、天を仰ぐ。この仕草も記憶にある。

「俺もよくわからない。俺はこれを、今朝おまえに渡さなきゃいけないんだ」

「……説明してほしいの。どうして私にくれるの？　誰からもらったの？」

夢の中で櫂くんは、人からもらったと言っていた筈だ。私がこれを櫂くんからもらったことに……そして私がおメダイに祈ったことに、何か意味はあるの？

「――母親からもらったんだよ。俺と暖の母親」

お母さんは、四、五年前に亡くなってしまった筈だ。

「これを、しばらく身に着けてろ。首にかけておく必要はない。ポケットでも、腕に巻いても、何でもいいから手放すな。お守りみたいなものだけど、少しは役に立つ筈だって言われた」

「お母さんに言われたの？　いつどこで⁇」

「おまえに今日渡せって言われたんだよ。昨日、夢の中で。このメダイをもらったのは、ずっと昔。……信じなくていいよ」

夢――また、夢だ。夢がすべての鍵を握っている？

「あの、暖は今、……家にいるの？」

聞きながら、足がちょっと震えたのがわかった。

「いるよ。寝てりゃいいのに、俺が試合に行くからって俺より先に起きてた」

暖は家にいる。生きてる。まだ六月二日の朝で、暖が死んだのはやはり夢だったんだ。

私はやっと、心底ほっとした。

「……わかった。肌身離さず持ってる」

「よし。ずっと持ってろよ」

暖が死ぬ夢を見たことを、燿くんに言うべきだろうか？　私は瞬間、迷った。

でも、今日は燿くんにとって高校で一番大事な試合の日だ。

「試合、頑張ってね」

だから夢と同じように、私は引き留めない。引き留めちゃいけない。

燿くんがにこっと笑みを浮かべて私の頭をポンポンと叩き、大きな荷物を肩にかけて、エレベーターに向かって歩き出すのを見ていた。

「紡(つむぎ)」

ドキドキする。そう、あの時名前で呼んでくれて、嬉しかったんだ。

「名前で」

思わず口に出してしまった直後、エレベーターの扉が開いた。燿くんが乗り込んで私に振り返る。夢と違って不思議そうな顔をしていた。

「名前で呼んでくれて、嬉しい」

燿くんは虚を衝かれたように私を見て……少し戸惑っているような表情のまま、扉が閉まった。

そう、きっとこれはチャンスなんだ。

予知夢通りにはしない。今日はずっと暖のそばにいて、悲劇を止めてみせる。

今日私は、暖を死なせないことを、燿くんのお母さんに託されたのかもしれない。


表のマリア像と背景の青い七宝焼き。裏返せば十字架や「ITALY」という刻印。

おメダイは、夢の中で見たものと全く同じだった。

〝身体を動かすとね、キラッキラッて光るの〟

ふと真理奈ちゃんの言葉を思い出し、ポケットに入れておくことにする。

リビングに行くと母がいた。置かれた朝食のプレートがそっくりで、息を呑む。予知夢とは、ここまで細かく予知してくれるものなのか。

「プチトマト、傷んでたの」

「買ったばかりなのにね」

「あれ？　昨日言ったっけ？　駅前の駒沢田中マートで売り切れちゃってて、トマトだけコンビニで買ったのよね」

「あ、うん。昨日聞いたかも」

危ない危ない。既に知っていることを言われると、つい口に出してしまうみたい。

「卵、大成功だね……」

夢の中で見た目玉焼きと、全く同じ楕円形だ。私はなんだか空恐ろしくなってきた。

「そう？　よかったー！　ねえ、紡。昨日の夜、あなたのパパからメール来たよ」

「……そう、なんだ」

私以外のすべては、夢と同じ。私が夢と違う言動をすると、反応も変わる。でも、弾力性を感じる。なるべく元の形に戻ろうとする、ゴムみたい。

「あの人とはさ、生き方がズレてっちゃったから……」

母の言葉が、耳を通り過ぎてゆく。観たばかりの映画をもう一度観てるような気分だ。自分が夢の中で何を言ったのかを思い出そうとしているうちに、場面が進んでしまう。

「連絡先、あなたのとこにメールしとくね。声かけてあげなさい」

そういえば夢の中で、私は父に連絡してあげなかったな。でも今日一日忙しくなりそうで、やっぱり連絡できないかもしれないいな……と思った。

少し早めに家を出て、隣の家の玄関前でしばらく暖を待つ。

「つむぎー。おはよう！　あれぇ、待ってた？」

「ちょっと早く出ちゃって。おはよう、暖」

「会いたかったよぉぉ」

夢と同じ。暖は笑顔のまま、隣に駆け寄ってくる。

肩に頬をすり寄せられ、私は涙が出そうになった。暖が生きてる。ふわふわしているのに愛情の塊（かたまり）みたいな、砂糖菓子でできた天使のような暖が、無残に死ぬなんて。私、どうしてあんな酷い夢を見ちゃったのかな？　あんなの、現実に起こる筈がないよね？

「紡、今日も超可愛（かわい）い。食べちゃおうかなあ、ぱく。はむはむ……」

暖は本当に肩をぱくっと咥（くわ）えた。それから口を離すと、にっこり笑う。

「止めないから食べちゃいましたよ。次はほっぺに行きます」

「……や、やめて」

気を取り直して言うと、暖がいたずらっぽく「へへ」と笑った。

「……おーい紡、聞いてる？」

エスカレーターの途中で、ハッとして顔を上げる。ずっと緊張していたつもりだったのに、私は前回と同様にぼんやりしてしまっていたようだ。

「あのね、最近、帆南ちゃんがお兄ちゃんにベッタリなの。帆南ちゃん、絶対お兄ちゃんのこと好きなんだと思う」

「あの、耀くんは暖が一番大事だし、暖しか見えてないし、帆南はたまたま副会長っていうだけだし!!　暖が一番可愛いよ!!」

「あ、……ありがと。私そんな、可愛くないけど」

暖は私の勢いに驚いた表情を見せた。

「可愛いよ!!　暖は何もかも持ってるんだよ。最強だよ。怖いものなしだよ」

だから死ぬのはおかしいんだ。死ぬ理由が全くない。

私の熱弁に押されたのか、暖は頬を染め、天使のように微笑んだ。

「でもね、帆南ちゃんとお兄ちゃん、こーんなに顔を寄せて話してた。ちょっと聞こえちゃったの。『妹に気を遣うことないでしょ。妹は妹なんだから』って――――。お兄ちゃん、黙っちゃって。本当の妹じゃないって、言ってくれなかった……」

夢の中では言わなかったことだった。帆南がそんなことを言っていたなんて。

「それは、ちょっと言えないでしょ。誰かに聞かれて噂になったら困るしさ。耀くんは暖が好きなんだよ。それは絶対だから。不安になることはないよ。絶対絶対、大丈夫」

私は必死だった。ここで帆南と暖の争いを止めることができれば、悲劇は起きない。

「そう……かな……」

暖が黙った。横顔が少しだけ落ち着いたように感じて、私はほっとした。

「ねえ、髪直してあげる。綺麗な髪。まっすぐで羨ましいな」

「ありがと。私は……暖の髪が羨ましいよ」

暖が私の髪を梳き、後頭部に頰ずりしながら抱きついてくる仕草まで同じ。

結局、今日という日を夢と変えられなかったらどうしよう。私は不安になった。


「リアルなんて、ろくな男いないじゃん」が帆南の口癖だ。

私はヲタといっても、好きなアニメキャラはうさぎとか猫とかアルパカ（?）とか。

でも帆南は超人的ヒーローキャラに心酔していて、声優や舞台俳優にブレることもなく、完全に「平らな人」オンリーだ。ただ――――耀くんだったら。本当にアニメに出てきてもおかしくないくらい、何でも持ってるヒーローキャラみたいな人だもんなあ。

帆南は耀くんが好きだったんだ。……いつから?

何故、気づかなかったんだろう。私はずっと、帆南とも仲がよかったのに。

暖と帆南は同じ生徒会役員だけど、暖がヲタではないせいか、二人の間には少し距離がある。私こそが、二人の争いを止めることができる立場の筈。悲劇を止められるのは私だけ――――私はそっとポケットに手を入れ、ぎゅっとおメダイを握った。


「おはよう！」

「会いたかった！」

靴を履き替えて階段を上り始めたところで、上の階から私を見つけて駆け下りてきた双子が、階段の途中で両方の腕に絡みついてきた。

「あ、……おはよう」

「まゆ、おはよ。紡、私先に行ってるね！」

暖が片手を上げ、私をちらっと見て笑いかけてから階段を上ってゆく。夢よりも暖の機嫌がいい気がして、ほっとする。必死で慰めた甲斐があったかもしれない。

まゆというのは、「麻衣」と「結衣」を合体した呼び名だ。双子本人が、「私たち、間違えられるよりまとめて呼んでほしいな☆」と言うので、皆まとめて呼んでいるのだ。

「橘さんたち、いきなり二人で抱きついてくると、心臓バクバクしちゃうよ……」

「紡ちゃんもまとめて声をかけてくれていいのに。まゆでもまゆっちでも」

「まゆぴょんでもまゆたでも」

まゆ太……？　ああ、名字が橘だから「た」ってことかな。

「……なんか、そういうの慣れなくって」

苦笑する。同級生をまとめ呼びって、ちょっと抵抗があるんだよね。

「おまえら遅いぞー!!　グラウンド十周！」

野球部顧問の先生の怒鳴り声が聞こえて、私はハッとした。

「ごめん、急ぐんだった！」

「うん」

「またね」

昼休みまでは暖は大丈夫と思いながらも気がせいて、私は階段を早足で上り始めた。

「おう、紡。おっはー」

踊り場に――――帆南がいた。袖を五分まで捲った薄く短いカーディガン。スレンダーでクールな立ち姿。普通のショートボブなのに、最新の髪型に見える生徒会副会長だ。

私は激しい驚愕の表情を浮かべていたようだ。夢ではここで帆南に会わなかったから、全く予測していなくて。

「何、そんなに驚いてんの？　幽霊でも見たような顔しちゃって……」

「あ、うん。なんでだろ、すごい驚いちゃった。ははは……」

「『なんで帆南が生きているの⁉』って感じ？　紡の今日は二度目で、前回の私は学校に辿り着けず交通事故で死んでんのー。因果律が乱れ、並行世界に迷い込んだ紡の運命やいかにっ！」

　朗らかに言われて、ぎく…っとする。帆南はタイムリープものとか並行時空ものとか、ファンタジー系のアニメを好んで観ている。ごく自然にそういう発想になるんだよね。

「あはは、まっさかー」

　そう答えて頭をかきながら、心臓がバクバクしてくるのを感じていた。もしかして、あの夢は夢じゃなくて現実だったの？　私、過去にタイムリープしてきたってことある？

　もしかして、ここはパラレルワールドなんだろうか。私だけが別の世界に飛び移ってしまっただけで、暖が死んでしまったあの世界は今も存在するってことなの……？

　立ち竦んでいると、階段を上ってくる同級生が次々「おはよー」と声をかけてくる。

「おはよ。え、今日の数学？　いいよ、後でノート写しに来なよ。じゃ、またね紡！」

　帆南は同じクラスの葉月に捕まったようだ。私も片手を上げると、階段を上り始めた。

　夢は夢だ。とにかく、今日は暖にぴったりくっついて歩こう。なんとか明日の朝を無事に迎えたい。それから、帆南と話す時間を作ろう。

　櫂くんと暖は引き離せない。二人の血が繋がっていないことを帆南にそっと伝えよう。

帆南は失恋ってことになるけど、必死で慰めよう。じきに帆南が大好きなアニメの期間限定コラボカフェが池袋でオープンするから、そこでパフェを奢ってあげよう。何杯でも。

絶対絶対、あんな悲劇は起きない——

その時私はまだ、事態を甘く見ていたように思う。ちょっとした誤解を解けば、争いは起きず悲劇も生まれない……そう思ったんだ。

それから教室でずっと、暖は普段通りだった。落ち込んだ様子は見られないし、スマホのメッセージを待つ様子もない。私は深刻になっていた自分が少し恥ずかしくなった。

それでも油断はしないようにチラチラと観察していると、四時間目の途中で暖はスマホを手にした。授業の合間を見てメッセージを打ち込んでいるように見える。

数分後、ふと気づくと暖が顔を上げてまっすぐ教壇の方を見ていた。

日頃はほわほわした暖なのに、横顔がなんとなく険しい。

チャイムが鳴ってから先生がのんびりと宿題を告げ始め、授業は長引いた。ようやく終わって私が暖の席へと急ぐと、暖がスマホでメッセージを送ったのが見えた。

さっき打ち込んだメッセージを、今、誰かに送ったんだろうか。

「あ、今日は用事が……」

「私、帆南に用事があるの。暖も生徒会室行くの？　私も行くんだー」

暖が言いかけたところを遮るように、私は畳み掛けた。空気を読まずににっこり笑う。

「帆南に今期のアニメで聞きたいことがあって。私、今期は色々見逃しちゃっててさ……」

苦しいなと思いつつ、内心がバレないように立て続けにテキトーなことを言い連ねる。

「そう……」

暖が少し浮かない顔をして、廊下を俯きがちに歩く。

ごめん、暖。あなたが死なないためなら、私は何でもする。

「あれ……？　ほむほむ」

生徒会室のドアを開けると、為栗誉くんと目が合った。帆南と同じA組で生徒会役員（会計）の、ちょっと小柄な男子だ。パイプ椅子に座って長机にどかっと脚を載せて、漫画を膝に置いている。椅子の脇に、ちゃんと上履きを脱いで揃えて置いてあるのが見えた。

誉くんは、学年中の女子からほむほむと呼ばれている。いつも少しふてぶてしい態度なのに、なんとなく可愛らしいので帆南がつけたあだ名だ。

「時計か。帆南ならどっか行ったぞ」

私は生徒会室には時々出入りしているせいか、名前を憶えてくれている。

「いつ……出て行ったの？」

後ろから入ってきた暖が、失望を隠せない声を発した。

「高遠原もいるのか」

何故か、わずかに誉くんの口調が険しい。私が慌てて聞いてみる。

「帆南、お弁当まだ食べてないの？」

「食べた。うちのクラス四時間目が自習だったんだよ。出席チェックもゆるゆるだったから、俺はさっさと生徒会室に来てた。帆南は途中から来て早弁して、チャイムが鳴るか鳴らないかで飛び出してったよ」

生徒会室の真ん中には長机が四つ寄せられた状態で置かれている。帆南のお弁当の包みと、その横にスマホが置きっ放しになっているのを見て、暖がため息をついた。

行き先もわからず、スマホ不携帯。これでは連絡の取りようがない。

「じゃ、ここで待とうかな。暖もここでお弁当食べない？」

私は生徒会役員でもないのに、そう言って図々しく椅子のひとつに座った。暖が困った顔で俯いていると、誉くんが鋭い視線で暖を一瞥したのがわかった。

誉くんと暖って、仲が悪かったっけ？　暖はとにかく可愛くて甘え上手なので、どんな男子もデレデレになってしまうものだと思っていたけど。

「私、帆南ちゃんを探しに行こうかな……」

「あ、じゃあ私も行く！」

「私だけでいいよ。見つけたら連れて来るから、紡はお弁当食べてて」

「私ね、もう今期のアニメが気になっちゃって。帆南に早く聞きたいことが……」

決して引き下がらない私に、暖は少し困った顔をした。

「高遠原。帆南は体育祭の練習に行ったんだと思う。場所は知らんし、弁当も食い終わってるし、いつ戻ってくるかわかんねーぞ」

漫画から顔を上げ、暖をじっと見る。熱のこもった視線だ。

誉くんは暖をやっぱり好きなのかもしれない――と思った。

「紡、じゃあ教室戻ろっか」

暖がほわっと気の抜けたような声を出した。

うちの学校の生徒会メンバーは、生徒会長の櫂くん、副会長の帆南、会計の誉くん、書記の暖の四人だ。櫂くんだけ高二で、あとは高一で同級生。

櫂くんと暖は両想いなのに、血の繋がった兄妹（きょうだい）だと思われている。そして帆南は櫂くんに、誉くんは暖に、横恋慕しているとすると――ちょっとこんがらがってるかも。

私は暖と帆南に会いに時々生徒会室に出入りしてるだけの、平民だ。生徒会役員は人望厚い精鋭の集まりだし、四人は落ち着いた関係に見えた。まさか、生徒会内で恋の矢印が入り組んで泥沼になってるなんて、考えてもみなかったよ。

今日は絶対に目を離さないようにしよう。決して悲劇が起きないように。

教室に戻り暖とお弁当を食べた。途中でクラス委員の佳里が教室に飛び込んできて、バスケ部初戦の勝利を告げた。教室内は活気に満ちて平和だ。本鈴が鳴り、漢字テストが開始されても暖は席についている。いつもと違う様子は見られない。

午後の現代国語は、夢の中と大体同じだった。校庭で体育祭の応援練習をしていて、時々マイクで「後ろの方が遅いぞー！」とか叫ぶのも、ほぼ同じ流れ。

そして学活、終礼。暖が立ち上がるとすかさず隣に行って、「帰る？」と聞いた。

「んー、今日はすぐ帰る」

暖はスクールバッグを肩にかけて、微笑んだ。

階段を下りていると「バスケ部二戦目も勝ったってー！」という声が聞こえてきた。ベスト8に残ったということだ。暖が「よかったー！」と微笑む。

私は、密かな達成感のようなものを感じていた。ただの夢だったのかもしれないけど、屋上から見下ろした暖の変わり果てた姿を、かき消すことができたような気がしたんだ。

未来に起こることが事前にわかったら、止めるのなんて簡単なんだな。

――そんな傲岸不遜な考えまでふと思い浮かんだ。少し調子に乗っていた。

私は何もわかっちゃいなかったんだ。なんにも。

家に着いてしまい、玄関前で暖に手を振って別れる。暖が家に入る瞬間すごく怖くなった。家に戻ってしまえば、暖はもう手が届かなくなる。

私は不安な気持ちを打ち消すように首を振った。もう夢の悲劇は起こらなかったんだ。

家は留守で、たぶん今日も母は帰りが遅い。私は自室に入って着替えた。

ベッドに座ってスマホにメッセージを打ち込む。

『突然で悪いけど　近いうちに話せないかな』

宛先は帆南だ。なかなか既読がつかず、返信も来ない。

『悪い　ちょっと別の人と話し込んでた　話ってもしかしてノンノンのこと？』

二十分後、いきなり核心を突いた返信が来て、私は心臓がバクバクしてきた。

帆南は暖のことを「ノンノン」と呼ぶんだ。

『そうなの　えっとね　聞いてほしいの　きっと誤解があるから』

『誤解って　ノンノンは櫂くんの本当の妹じゃないとか　そういうこと？』

息を呑む。帆南は、知ってた……？

『知ってたんだ……』

『知ってたよ　前に生徒会長に冗談ぽく聞いた時　否定しなかったから』

啞然とする。知っていながら「妹は妹なんだから」と燿くんに言ったのは、どうして？

『血の繋がった妹ではないとしても　燿くんはみんなに　妹と思わせたままにしてる』

メッセージはそこまで打たれてしばらく止まった。そして唐突に続きが送られてきた。

『だから遠慮することない　と思う』

意志の強さに驚く。帆南がそんなに強気な恋愛観を持っているなんて、知らなかった。

帆南は、暖と戦ってでも燿くんと付き合いたいんだろうか？

『あ　なんか着信入ったから　ごめん』

私が途方に暮れていると、帆南が通信から降りてしまった。

『わかった　またね』

私が送った最後のメッセージには、それからずっと既読がつかないままだった。

帆南は、燿くんと暖の血が繋がっていないことを知っていた。その上できっと、燿くんのことが真剣に好きなんだ。私は暖がどれほど燿くんを好きか見てきたから。燿くんがどれほど暖を大事にしているかを見てきたから。二人の間には誰も入れないと思う。

だけど帆南に恋を諦めろとは、とても言えないよ……。

その時突然、聖歌「ごらんよ空の鳥」が流れてきて、私は顔を上げた。リビングの置時計は、夕方六時になると曲が流れる。カトリック校出身の母のチョイスだ。

「暖は……どうしてるんだろ」

ひとりごちる。何故かとても、悪い予感がしていた。暖にメッセージを送ってみる。

『暖どうしてる?』

暖はいつだって即返でメッセージが返ってくるのに、返事がない。既読もつかない。

私は悲劇なんてすぐにでも止められる気がしていたけど、そんな簡単なものじゃないかもしれない。私は立ち上がり、もう一度制服に着替えて玄関を飛び出した。

隣家のドア前に立つ。インターホンを押すが反応がない。

私は決心して廊下を急いだ。暖はたぶん、学校に戻ったんだ。


地下鉄を降りて学校へ向かう坂道を必死で走りながら、涙がこぼれそうになった。暖が死んでしまったら、私のせいだ。せっかく神様がチャンスをくれたのかもしれないのに。

信じたくなかったけど、夢の中で暖は自殺したのかもしれない。あの時、柵には争ったような跡があったから、帆南が突き飛ばしてしまった可能性はある。でも最初に暖自身が柵を乗り越えてしまった可能性が一番高い。暖をひとりにしてはいけなかった。

五時で正門は閉まるが、運動部の練習などもあるので七時まで通用門は開いている。会釈(えしゃく)しただけで守衛さんは制服の私を通してくれた。

エレベーターに乗って六階まで急ぐ。降りると屋上階まで駆け上がり、ドアノブを掴んで回す。……閉まっている。暖はどこに行ったんだろう。焦りながら必死で考える。

〝なんか着信入ったから〟と帆南のメッセージにあった。

あの着信は暖からで、昼間会えなかった帆南を呼び出したんだとすると――

私は階段を一段抜かしで駆け下り始めた。生徒会室かもしれない。

足がもつれそうになりながら走る。悪い予感がして仕方がないんだ。

六階の端、生徒会室の明かりが小窓から漏れているのが遠くからも見える。

「暖、いる⁉」

そう叫びながら私はドアを開け放した。生徒会室の中は静まり返っている。

大きくため息をつき、しばらく息を整える。

「……？」

悪い、予感がした。

予感には、大抵理由がある。何か微(かす)かな兆候を感じ取っているんだ。その時の兆候は、

「匂い」だったんじゃないかと思う。その時の自分の気持ちが全く思い出せない。

私は生徒会室の奥に歩を進めた。長机の並びが、乱れている。特に奥の方が。

「あ……」

長机の向こうで、誰かが仰向けに横たわっている……？

「ほ……誉くん……？」

くたりと伸びた男の子の肢体(したい)。見開かれた目。頭の後ろに……血だまり？

「い、……いやぁあああああ」

本能的に叫んでしまう。転びそうになりながら部屋の出入り口へと走り、飛び出す。

近づいてよく確認すべきだったのかもしれない。でも、衝撃で目の前が霞(かす)んで、怖くて、とても近くにはいられなかったんだ。

血だまりがあるのは頭の後ろだった。あの辺りには昨年の文化祭で使われた木箱が、足台代わりに置かれていたと思う。転んで木箱に頭をぶつけた？

どうして誉くんがそんなことになるの？　誰かに――突き飛ばされた？

「誰、か。呼びに、行かな、きゃ……」

壁に手をつき、ヨロヨロと歩きながら自分に言い聞かせるように呟(つぶや)く。

救急車を呼ぶべき？　電話する？　いや、まず職員室に行って助けを求めるべきだろう。

なんとか、職員室のある二階まで……。

南階段を下り始めたけど、私は上から数段目でへたり込んでしまった。

誉くんの死を確認したわけじゃない。なんとか下りて助けを呼ばなきゃ、と思うが、足が震えて動けず、壁にすがりつくように寄りかかる。

こんなの、おかしい。予知夢の中で暖が死んだ。私は日中ずっと暖について回って暖を救おうとした。そうしたら暖は死なず、代わりに誉くんが死んでしまった……？

どうして、こんなことが起こるの？

そうだ、と思い出してポケットに手を突っ込む。おメダイがある筈。

もしまた戻ることができたら、やり直せばいい。何度でも。

おメダイを握る。この悲劇を夢にできる？　時を戻すことができるの？

お願いです、時を戻してください神様――

「つむぎ……」

その時、弱々しい声が聞こえて私は振り返った。

暖がいた。怯（おび）えたように階段上で立ち尽くしている。無事だったんだ。

「暖、どこにいたの…？」

「私……生徒会室に呼び出されて……」

暖の声が震えてる。聞かなきゃ。ちゃんと事情を聞かなきゃ。

暖を守ると、代わりに誰かが死んでしまう？

そんな筈はない。ほんの少しだけ過去を変えれば、悲劇なんて起きない筈なんだ。

変えなきゃ。こんなの夢だ。誰も死なない現実に変えなきゃ。

「暖、教えて。誰に呼び出されたの？」

「――誉、くん、に……」

千切れて消えそうな暖の声が耳に届いた、その時。

――意識が途切れた。

第三章　死から逃げて、死に迷い込む

　暖（のん）の死と誉（ほまれ）くんの死は、関係ないってことはある？　ただの偶然ってことはある？

〝因果律（いんがりつ）が乱れ、並行世界（パラレルワールド）に迷い込んだ紡（つむぎ）の運命やいかにっ！〟

　帆南（ほなみ）の言葉を思い出していた。「因果律」は、ＳＦ物語で多用されている言葉だ。物理学的な意味は「原因は結果より時間的に必ず先行する」。哲学的な意味は「一切のものは何らかの原因から生じた結果であり、原因がなくては結果も生まれない」。

「ねえ、パパ。因果律って〈すべてのことは、原因があるから結果が生まれる〉って意味なんだよね？」

　ある日、私は父に聞いた。父はいわゆる貧乏な学者さんで、質問にはいつでも真正面から答えてくれるんだ。

「あのさ、人が事故で突然死んじゃうことがあるよね。すべての結果には原因があるなら、たとえば車の事故で死ぬっていう結果は、何が原因なの？」

「車にぶつかったことが原因で、死ぬという結果が生まれたってことになるかな」

父はあくまでも真面目に、頷きながら答えてくれた。

「じゃあ〈車にぶつかる〉という結果は何が原因？　辿れば全部原因があるんだよね？」

その時の私は、どうしても納得のいかない気持ちを抱えていたんだ。

「小学校の時の同級生が、信号無視のトラックに轢かれて死んじゃったの。その子は青信号の横断歩道を渡ってただけで、全然悪くないんだよ。でもすべての結果に原因があるんでしょう？　その子が車にぶつかったことに、何か原因はあるの？」

私は必死さを滲ませていたんだと思う。父は座り直してまっすぐ私を見た。

「〈どうしてその時、どうして他の子ではなくその子が、死ぬような事故に遭ったか〉ということだね？　それだったら、不運が原因だとパパは思う」

「不運……？」

「そう。宝くじで一〇〇万円当たる幸運があるように、交通事故で死ぬ不運がある。不運はそう簡単に当たらないけど、世界から不運に当たる人を消すことはできないんだよ」

「……不運、かぁ……」

その子はこういう理由で事故に遭ったから仕方ない、というような「わかりやすい答え」

を求めていた私は、あまり納得できない顔をした。しかし父は淡々(たんたん)と続けた。

「運・不運なんてものは存在しない、どんな事象も過去の行い(原因)の報い(結果)である、と考える人も宗教も存在するね。だから、因果律という言葉は解釈次第で大きく変わる言葉だ。でも紡ちゃん、〈因果律〉と〈因果応報〉は違う、と僕は思う」

　因果律と、因果応報は、違う……？

　事故で死んだ人は、以前悪いことをした報いを受けたんだ、と考えるのが因果応報なんだろう。因果律は、それと同じではないってこと？

「因果律は、ごく単純に〈原因があるから、結果が生まれる〉〈結果が生まれたということは、原因があったということ〉――」

　父は嚙(か)み締めるように言葉を続けた。

「殺人犯に殺されたなら、〈殺人犯〉が原因だ。事故に遭って死んだなら、〈事故〉が原因だ。どうして誰でもなく自分に当たったのかわからないなら、〈不運〉が原因だ。心の迷路にはまりこまないためには、なるべくシンプルに考えることを君に勧めるよ」

「……そっか。〈事故に遭ったのは、その人のそれまでの行いが悪かったからだ〉なんて、なんか酷いもんね。えーと……可哀想(かわいそう)な目に遭った人を、さらに苛(いじ)めるみたいな」

「そう。不運に当たるのは、たまたま、としか言いようがない。悪い行いをした人だから不運が当たるという考え方に、パパは同意できない。前世での悪い行いの報いを今生で受けていると考える人もいるけれど、それにもパパは同意できない。パパには特定の信仰がないからね」

うちは両親ともに、特定の信仰は持たない。ただ、両親とも無神論者というわけではなく、神様の存在をうっすら信じているような雰囲気がある。

「あの日、たまたまあの時間に、あの道を通らなきゃよかったのにね……」

私は悔しそうに言った。不運を当てるか当てないかが、ほんのちょっとした違いに思えたからだ。すると「そうだね、気の毒だね」と言ってくれるかと思ったのに、父は言ってくれなかった。むしろたしなめるような様子で。

「いや、君はわかってないよ。〈不運〉はつまり、〈良くない運命〉だ。当たってしまった不運は、運命なんだよ。受け容れるしかないんだ」

言われていることの意味がよくわからずに戸惑っていると、父が続けた。

「勉強すれば、テストの点は上がるかもしれない。告白すれば、恋が叶うかもしれない。努力で変えられることはたくさんある。でも当たってしまった運命から逃げることは、決して、できない。それはその人の運命なんだ」

「運命……」

言葉が重くて、私にはなんだか実感が湧かなかった。

「でもね……パパは、不運が当たってしまった人が不幸だとは思っていないんだ。不運と不幸は別の物だとパパは思っている。でも話が長くなってしまうから、この続きはまた今度会った時にしよう」

父は、いつものように柔らかく微笑んだ。

話の続きを聞いておけばよかった――と、今思い返している。


結果には必ず原因がある。でも不幸な出来事の殆どは、考えれば考えるほど「不運」、つまり「良くない運命」が原因としか思えなくなってくる。そして当たってしまった「良くない運命」は受け容れるしかないのだとしたら……

六月二日に暖が死ぬことは、暖に当たった不運だったのかな。それは決して変えられない暖の運命なのに、私は無理に、暖が死なない運命に変えようとした。すると暖が死なない代わりに、世界は別の生贄を要求した――？

ぶるぶるっと頭を振った。そんなの、おかしい。何かがすごく変だ。

どうすれば、暖も誉くんも死なない未来に辿り着けるの？

朦朧(もうろう)とした意識の中で、地上に横たわる暖の横顔が見えた。血だまりが不吉に広がり、ふと気づくと場面が変わって、血だまりの床の上に目を見開いた誉くんが……

「ぁあああああっ」

自分の叫び声に驚いて飛び起きると、傍(かたわ)らで「ピヨちゃん目覚まし」の電子音がピヨピヨと鳴り続けている。六月二日午前六時だ。スマホを摑(つか)むと着信音が鳴る。

『今、出られる？』

私はまた、同じ朝に戻ってきたんだ。この現象に名前を付けるなら、タイムリープだ。例えるなら「世界の片隅(かたすみ)で、私だけ何度も時間を遡(さかのぼ)ってバグを修正しようとしている」みたいな感じ。バグを修正しないと、世界は進んでいけないように思える。

孤独で、ささやかな闘い――

『五分くらいで出る』

その中で私だけが別の行動をして、未来を変えようとしているんだ。

冷静になろう。私以外のすべては、同じ動きや流れである筈。

『玄関前で待ってる』


櫂くんからおメダイを受け取ってほっとする。これさえあればきっと時を戻せるんだ。

「これ……おメダイだよね。ねえ、これって不思議な力を持ってるの？」

ちょっとくらい不自然でも、できる限り櫂くんから情報を聞き出したい。

「よく知ってるな。これは持っていても不思議なことや奇跡が起こるわけじゃないよ。〈不思議のメダイ〉といって、一応持っていると恩寵があるとか言われているけど、仏教や神道のお守りと違って御利益を期待して持つものでもない」

櫂くんは、私が突っ込んで質問すれば、最初や二番目の朝とは違うことも教えてくれる筈。聞かなきゃ。不審がられても、知りたかったことをなるべく全部。

「これをくれたのって、亡くなった暖と櫂くんのお母さんなんだよね？」

櫂くんが目を見開いた。

「おまえ、何で知ってるの？　どこまで知ってるの？」

「うーん……」

少し迷う。全部を話したら、協力してくれるんだろうか。でも、燿くんが心配して今日の試合に行かなくなってしまうと、一日の流れが大きく変わってしまう。

燿くんのお母さんがわざわざ私におメダイを託したなら、燿くんは行動を変えず、今日の試合に行かなくちゃいけないんじゃないかな。

「燿くんは、私に渡せって夢でお母さんに言われたんでしょう？　私は、燿くんにそう言われる夢を見たの」

「……そう、か」

もう今日は三度目で、未来で暖と誉くんが順に死んでしまったの――と言うよりはマシかと思ったんだけど。燿くんは口元に握りこぶしをつけて視線を逸らし、しばらく考え込んでいた。よほど衝撃だったようだ。

「夢で俺に、何を言われたって……？」

「ただ、燿くんのお母さんが私に渡すよう言ったって言われただけ。なんでこれを私にくれるか、結局わからないままで。だから知ってることがあったら教えて。私はこれを使って、何をすればいいの？」

少し間があって、燿くんは少し気を取り直したように私をまっすぐ見た。

「俺もよくわからないんだ。とにかくおまえに渡せって言われただけなんだよ。このメダイ自体が不思議な力を持っているとか、〈これを使って何かをする〉とかじゃないと思う。おまえの身を守ってくれるお守りとして持っててくれって言ってた」

「そうなんだ……お守り……」

「ただ、母親はカトリックの信者だったから、よく祈ってた。十字架もロザリオも持ってたけど、祈る時はいつも、不思議のメダイを握りしめてたよ。聖母マリアが描かれているからかな……まあ、俺みたいな信仰のないヤツにはよくわからんけど」

「そんな大事なものを、私に貸してくれるんだ……」

「貸すんじゃなく、やるよ。迷惑かもしれないけど、もらってもらわないといけないんだ。絶対渡してくれって母親が夢の中で言ったからさ。だからこれを、しばらく身に着けてろ」

私はその言葉の続きを知ってる。

「ポケットに入れておくね。先生に取られちゃうと困るから」

「よし。ずっと持ってろよ」

ああ、これで行ってしまう。私はたったひとりで、暖と誉くんを救えるんだろうか？

「紡」

背を向けたまま呼ばれて、泣きそうになる。私にとっては三度目なんだ。

「私きっと、何とかする」

エレベーターの扉が開いた。櫂くんは乗り込んで振り返り、私を見た。目が合う。

「絶対、何とかしてみせるから！」

私が叫ぶと同時に、エレベーターの扉が閉まった。


三回目の目玉焼きも完全に同じ形をしているのを見た時、背筋にぶるっと寒気が走った。

「連絡先、あなたのとこにメールしとくね。声かけてあげなさい」

「……わかった」

今日は忙しくなる。ごめんパパ、本日、お誕生日をスルーすることは決定しちゃったよ。

今回は三回目。駅までの道を暖と歩きながら、心の中で整理する。

周囲の人の動きも同じだと気づいた。隣のエスカレーターに乗っているイヤホン付けた女の子も、その前の段のメガネのおじさんも、前回の記憶通りだ。

「おーい紡、聞いてる？　……あのね、最近、帆南ちゃんがお兄ちゃんにベッタリなの。帆南ちゃん、絶対お兄ちゃんのこと好きなんだと思う。こ――んなに顔を近づけて、ひそひそ話しかけてて、怪しいの」

軽い世間話かと思っていたけど、暖は本気だった。帆南が櫂くんを好きで、暖から奪おうとしていると本気で心配しているんだ。そして、暖の杞憂（きゆう）は本当かもしれない。

「ねえ、暖。やっぱり櫂くんは、暖を選ぶと思うよ」

必死の励ましではなく、素直な気持ちだった。暖は驚いた目で私を見る。

私は羨ましいんだ。櫂くんに愛され、選ばれる暖が。

「違うの。選ばれたいんじゃない」

暖が俯いて、小さく呟くように言うのが聞こえた。何を考えているのか、読めない。

しかし数秒後、ふと暖が顔を上げて、光がこぼれるような笑みを見せた。

「紡、ありがと。大好き」

いつものような天使の微笑みだけど、今にも泣きだしそうにも見える。

暖がひどく遠く感じた。同じ時間の繰り返しの中で、私は暖を理解したのではなく、理解していなかったことに気づいただけかもしれない。

「ねえ、髪直してあげる。……綺麗な髪。まっすぐで羨ましいな」

「ありがと。私は……暖の髪が羨ましいよ」

電車の中で暖は私の髪を梳き、後頭部に頬ずりしながら抱きついてくる。

何もかもがあまりにも同じで、「本当に暖を救えるのか」という暗い気持ちが、影のように胸を過ぎった。でも前回、暖は死ななかった。未来は変わるんだ。

暖も誉くんも死なない世界に、きっとできる。そうしてみせる。

「おはよう！」

「会いたかった！」

学校の階段を上っていると、今回も双子が両方の腕に絡みついてきた。

「まゆ、おはよ。紡、私先に行ってるね！」

「暖、後でね。橘さんたち、いきなり二人で抱きついてこないで～」

「まとめて声をかけてくれていいのに。まゆでもまゆっちでも」

「まゆぴょんでもまゆたでも」

「おまえら遅いぞー!!　グラウンド十周！」

前回と全く同じタイミングで、野球部顧問の先生の怒鳴り声が聞こえてくる。

「ごめん、急ぐね」

私が階段を上ってゆくと、「うん」「またね」という声が背後に聞こえた。

「おう、紡。おっはー」

「おはよ、帆南……」

今回も階段の途中に帆南がいた。

暖が落ちた時、帆南は屋上にいた。そして泣きじゃくりながら〝私のせいだ〟と言っていたのだから、やはり暖を突き落としたのは帆南かもしれない。誉くんだって帆南が突き飛ばしたのかもしれない。誉くんが暖を庇ったのかも。

つまり、二つの事件の「犯人」は、それぞれ帆南かもしれないことになる。

「なんで怯えてんの？　幽霊でも見たような顔しちゃって……」

「あ……うん……」

「『なんで帆南が生きているの⁉』って感じ？　紡の今日は二度目で、前回の私は学校に辿り着けず交通事故で死んでんのー。因果律が乱れ、並行世界に迷い込んだ紡の運命やいかにっ！」

「あ、……はは……」

冗談にならない。

ヲタクといってもほのぼの系メインで、私はあまりSFを知らない。でもパラレルワールドを扱った漫画を読んだり、映画を観たりしたことはある。並行して無数の世界線が存在していて、ほんの少しずつ違う世界になっているんだ。

もしパラレルワールドだったら、私だけが別の世界線に飛び移っただけ。暖が死んでしまった世界線も、誉くんが死んでしまった世界線も存在することになる。そんなの、嫌だ。

誰か、この世界の仕組みを教えてほしい。迷路に迷い込んでしまったみたいだ。

「おはよ。え、今日の数学？　いいよ、後でノート写しに来なよ。じゃ、またね紡！」

葉月(はづき)に捕まった帆南の声に、私は片手を上げて応じ、階段を上り始めた。

犯人捜しはやめよう。私は推理小説を読んでも、犯人なんて当てられた試しがない。

帆南が暖と誉くんの死に関与したとしても、故意には見えない。どっちも「揉(も)みあって突き飛ばしてしまった」みたいな状況だ。そしてその未来は、もう消えた。

きっとここはパラレルワールドではなく、未来を夢に変えてやり直している世界。やり直すたびに、未来は夢になって消える。私はそう信じる。

だから、今の世界に犯人なんていない。悲劇の現場は私の記憶だけに残された、幻だ。

誉くんに生徒会室を離れるよう忠告しよう。暖も今回こそ学校に戻らないように、夕方過ぎまで見ていよう。学校の完全下校時刻は七時。何も起こらずに今日の学校が閉まれば、二人の死は回避されると思うんだ。

そして、夜にでも帆南と話そう。「なかったこと」にしてしまった未来で、二人が死んでしまったこと。きっと争いを避ける方向で人間関係を見直してくれる。

帆南は賢くて頼りになる人だ。きっと未来は変わる。

でも「運命」は、思いもよらない貌(かお)を持っていたんだ――――。

四時間目の授業中、前回と同じように暖はスマホに何かを打ち込んでいた。たぶん、帆南へのメッセージだろう。昼休みに入ってから送信するんだ。

授業が終わり、私が暖の席へ急ぐと、暖はメッセージを送信し終えて顔を上げる。帆南は今頃、メッセージを見ずに体育祭の練習に行ってしまっている筈。

「私、生徒会室に用事あるんだー。暖も生徒会室行くの？　私も行くー」

誉くんに伝えなきゃいけないから、私は本当に生徒会室に用事があるんだ。

ためらい気味の暖と一緒に生徒会室に向かう。そして私が先に立ってドアを開けた。

「あ、ほむほむ……」

誉くんだ。ちゃんと生きてる。私は胸を撫で下ろした。横たわる誉くんの見開かれた目。血だまり。凄惨な光景が一瞬フラッシュバックして、思わず頭をブルッと振る。

「時計か。帆南ならどっか行ったぞ」

元気だ。涙が出そう。なんとかして、今日のこの後の展開を変えなければいけない。

「いつ……出て行ったの？」

暖が聞くと、誉くんは今回も表情を硬くした。

「高遠原もいるのか」

きっとツンデレなんだろうけど、ただ暖を嫌っているようにも見える。でも誉くんが暖を憎んで殺そうとして、反撃され頭を打ち死んだ——とはとても思えないよ。

誉くんが、帆南は体育祭の練習に行ったんだと思うと告げた。置き去りのスマホを見て、暖はため息をついた。

「紡、じゃあ教室戻ろっか」

来た来た。そこで私はほんの少しだけ前回と変える。

「私、用事があるから暖は先に教室戻ってて。すぐ行くから、一緒にお弁当食べよう」

誉くんに今日は生徒会室を離れるよう伝えてから、すぐに暖を追って教室に戻ろう。

後はすべて前回と同じにすればいい。今日は暖から離れず、一緒に帰宅する。暖が学校に戻ってしまわないよう、玄関前で夜まで見張る覚悟だ。事情を誉くんに話せば、誉くんが暖を呼び出すことをやめて、そもそも暖は学校に戻ろうとしないかもしれない。

「わかった。先行ってるね」

暖が手を振って生徒会室を出て行くのを見送ってから、誉くんに向き合う。

「為栗くん、あの——」

「何？　妙に深刻そうだな。告白でもする気？」

漫画本を手に半笑いを浮かべながら言われ、私は黙ってしまった。

「……何だよ。時計に限ってそれはないって知ってるから安心しろよ」

つい赤くなる。私がずっと櫂くんに片想いしていることを百も承知なんだろうな。

ただ、誉くんの言葉は皮肉めいているようで、底に優しさが感じられた。

「私、あの、……」

言葉が詰まり、何から言っていいのかわからなくなる。深刻そうな様子を見て誉くんは漫画本を置くと、私を見た。視線が絡みつく。殆ど睨み合いだ。

「……これから〈何が起こる〉んだ？　おまえはこの世界線の未来で何を見てきた？」

誉くんがそう言って――あまりの驚愕に、私は口をポカンと開けたまま「あ…ぅあ…」とか呻き、思わずちょっとヨロけて後ずさった。

誉くんがすべての鍵だったの⁇　この人はこの世界の仕組みを知っている⁇

「すげー大袈裟なリアクションだな。時計の深刻そうな顔見たら、〈アタシ、五時間後の未来からタイムリープしてきたの〉とか定番の冗談かますんじゃないかと思って、乗ってやったんだよ」

調子がくるったというように誉くんが頭をかいた。照れ隠しなのか、脚をさらに大袈裟に机に投げ出し、また漫画本を手にして読み始める。

「……私、私、ホントにタイムリープしてきたんだもん。今日はもう三回目なんだよ。このまま行くと、為栗くんは夕方、この部屋で頭打って死んじゃう……」

ガラガラガッシャン。

今度は誉くんの方がポカンと口を開けたままヨロけ、パイプ椅子ごと後ろに倒れたんだ。したたかに腰とか頭とか打ち付けた様子で、色々さすりながら誉くんは叫んだ。

「とけい――――っ!!　おまえ、マジで俺を殺す気？　いたたた……俺が頭打って死ぬって、今の打ちどころが悪かったってことじゃねーの？」

「ごめん……」

泣きそうだ。まさかそんな、ピンポイントな冗談かますなんて思わなかったんだよ……。

私はタイムリープ体験を説明した。最初の今日に暖が屋上から落ち、二回目の今日に誉くんが生徒会室で倒れていたことを、経緯を含めて大雑把に。

しどろもどろだったが、誉くんは即座に要点を理解してくれた。

「つまり、今日は生徒会室を離れろ、と。俺が今日死ぬかもしれないから」

「為栗くんはここを離れた方がいいと思う。さっさと帰っちゃえば、今日はもう何も起こらないと思うんだ。私は帰ったら夜まで、学校に戻らないよう暖を見張ってる」

私が勢い込んでそこまで言うと、誉くんはポツリと言った。

「――――随分、頼りない対策だこと」

う。確かに頼りにならない私の対策だけど、そこまで言うか。

「俺は今日、夕方過ぎまで生徒会室にいる予定。死なないように気をつけるよ」

「どうして!!」

死ぬかもしれないって言われても、生徒会室を離れない意味がわかんない。

「……色々、事情があんだよ」

「死んでもいい事情なんてないよ!!」

「別に死んでもいいとは思ってねーよ。そもそも時計って、今ここでのんびりしてる場合じゃないんじゃないの？　大事なノンノンから目を離してていいわけ？」

ハッとする。すぐに暖の後を追うつもりだったのに、もう十分以上経っている。確かに暖から目を離していてはいけない。

「とにかく、今日は早めに家に帰ってほしいの。本当に、危ないから」

「はいはいわかったわかった」

誉くんは立ち上がると、私を追い立てるようにしっしっと幽霊みたいな仕草で両手をひらつかせた。そのまま生徒会室から追い出される。

「ちゃんと帰ってね。本当に気をつけてね」

部屋を出る直前に、しつこく言うと。

「おまえもな。……うっかりしてると自分が死ぬぞ」

誉くんが横を向いたままぽつりと言った。


伝えたいことは伝えたけど、事態を脱却できた気がしない。

でもこれで誉くんも気をつけてくれて、未来は変わると信じよう。

教室に戻るといつもより活気があり、皆がバスケ部の勝利について話している。

暖はお弁当を机に置いたまま待っていてくれていた。膝上でスマホをいじっているだけで周囲から浮き上がって見える。初めて会った日の胸に迫る儚さを思い出した。

暖は特別な女の子だ。ただ座っているだけで、とても強力な磁力を持つ。ベルベットの布張りの特別な椅子にふわりと座ることが許されている女の子。この世のものではないかもしれないと思わせる、神様が丁寧に精密にこしらえたビスクドールのようだ。

〝大事なノンノンから目を離してていいわけ？〟

誉くんの言う通り、私は暖がとても大事で……どうしても死んでほしくないんだ。

「暖……ごめん、遅くなって」

暖が顔を上げてにっこりしてくれる。

二人でお弁当を食べ、漢字テストの準備をする。こうして暖を見守っていれば、死なせずに済む気がする。あとは、誉くんが災厄を避けてくれるのを祈るしかない。

　現代国語の授業内容も、先生の教科書を読む時の息継ぎまで前回と同じだった。

（ハナコ女史は課題文の文章が好き過ぎて、読み上げていると時々息継ぎを忘れて、喘息症状みたいになってしまうのだ）

　校庭から「後ろの方が遅いぞー！」とマイクの叫び声が聞こえるタイミングも同じ。

　このまま行けば暖は死なず、誉くんが死んでしまう世界が確定してしまいそうな気がする。でも未来の出来事を聞いた誉くんが、みすみす殺されるとも思えない。

　きっと二人とも生き残ってくれる――


　学活がやっと終わり、暖に「帰るよね？」とすかさず聞いた。

「えーと、ちょっと生徒会室に寄る」

　衝撃を受けて返答に詰まる。暖がスクールバッグを肩にかけて、微笑んだ。

「ちょっと寄るだけだけどね。紡は先に帰っていいよ～。じゃあね」

　どうして違うんだろう。今まで、同じ映画の再上映みたいに前回と同じだったのに。どこで世界が変わったんだろう。

「わ、私も行く！」

私は慌てて筆記用具をバッグに放り込み、暖の後を追いかけた。

教室を飛び出すと、もう暖の姿が見えない。見失っちゃいけない。私は慌てて小走りになったが、A組の前を通った時に声がかかった。

「紡じゃん、どしたの？　今日は生徒会室に行っても耀くんいないよ～。ニヤニヤ」

帆南だ。その時、私の頭に閃くことがあった。前回のメッセージのやり取りだ。

〝悪い　ちょっと別の人と話し込んでた〟

帆南はあの時生徒会室にいて、誰かと話していたということかも。それが誉くん？

「帆南、今日、生徒会室行く？」

「え？　ああ……行くと思う。約束があって」

やっぱり、この後帆南は生徒会室に行くんだ。そこで暖と喧嘩になり、庇った誉くんを突き飛ばしてしまうのかも。帆南を家に帰した方がいい。

「今日は行かない方がいい。できればさっさと家に帰ってほしいの」

「え？　家に？　どうして？」

「理由は今ちょっと、言えない。後で必ず説明するから、今日は帰ってほしい」

帆南はいぶかしげな目で私を見た。突然そんなことを言われたら誰だって驚くよね。

「……わかったよ。ちょっと用事あるけど、先生に頼んでなるべく早く帰らせてもらう」

私が至って真剣であることが伝わったのか、頷いてくれた。

「ありがとう」

泣きそうになる。帆南だって大好きなんだ。帆南が誉くんを突き飛ばして殺しちゃうなんて、そんなの絶対に避けたい。すると帆南はすぐ笑顔になって、

「あ、櫂くん二試合目も勝ったって。よかったね。次の相手はちょっと強豪過ぎて無理めだけど、明日負けたってベスト8でしょ。充分健闘したよ。んじゃまた明日ー」

帆南は右手の指先でキーホルダーをくるくる回しながら、ひらひらと左手を振った。

私も「じゃあね」と言って背を向けかけて……

「あああ！　もしかして帆南、それって……」

振り向いて私が駆け寄ると、大声に驚いたのか、帆南が露骨に後ずさった。

戸惑う帆南の手ごとキーホルダーを引き寄せて、じっと見つめる。

「あんたが好きなのって、太ったシマシマうさぎとか、おっきいリボン付けたアルパカとか、変なのばっかりじゃなかったっけ。これは無生物だよ。こういうの好きだったたっけ？」

茶色くてゴワゴワしたそのマスコットキーホルダーには、「とんかちゅ」という名前と日の丸が印字されたハチマキが付けられ、垂れ目と逆三角形の口、マッチ棒状の手足がついている。……いや、違う。私が言いたいのはキーホルダーのことじゃなくて……。

「この鍵、帆南が持ってたの⁉　どうして帆南が持ってるの⁉」

キーホルダーは「屋上」と書かれたシールのついた鍵に取りつけられていたんだ。

「あ、ああ……これ？　天文部の活動前に鍵を開けてあげなきゃいけないんだよね。陽が落ちる頃に金星かなんか観測するんだって。本当は昼休みにもやる予定だったんだけど、学校中体育祭フィーバーで人が集まらなくてさ。放課後も結局、中止になるかも」

「じゃあその鍵、今日はずっと持ってたの？」

「三〜四時間目の休み時間から持ってたよ。天文部は何年か前に、夜の屋上で宴会して問題になったらしくてさ、鍵の管理は許されてないの。観測の日の屋上開け閉めは顧問か私の役割。私はほら、一応副会長様なんで……」

「大変だね……天文部って活動日が多そうだし……」

足が震える。そういうことだったんだ……。

「いつもは顧問が管理してるから、今日は特別。天文部の顧問ってバスケ部の副顧問も兼任だからさ、バスケ部が勝ち残って喜んじゃって、朝から試合に行っちゃってんの‼」

帆南が屋上の鍵を持っていた。だから最初の日に帆南と暖は屋上に出られた。じゃあ、やっぱり帆南が暖を屋上に誘い出したってこと⁉

でも、そもそも屋上に出る手段がなければ、暖は落ちたりしないんだ。

「これ、貸して！　私が誰か先生を捉まえて、代わりをやってもらう!!」

私は鍵を取り上げて走り出した。

「え？　それは一応私が持ってないと……紡!!　う〜んいいのかなあ……」

戸惑う帆南の声が聞こえるが、無視して私は走り続けた。

この鍵がなければ、帆南も暖も屋上に行けない。暖を見つけたら連れ帰ろう。帰り際に生活指導の厳しそうな先生を捉まえて、鍵を押し付けてしまえばいい。

暖が血だまりの上に横たわる姿を思い出すと、私は心臓がバクバクして息苦しくなる。少し短絡的過ぎたかもしれない。でも、その時の私にはいい考えに思えたんだ。


私は鍵を握りしめたまま階段を駆け上がった。まずは暖を見つけなくては。

生徒会室に着くとドアを全開にする。そこには——誉くんがいた。やっぱり家に帰ってないんだ。誉くんはパイプ椅子に座って脚を組んで、宿題をしている。

「時計じゃん。あ、机に脚載っけるのはやめとくよ。またコケるとやベーからな」

「暖は、来てないの……？」

「高遠原？　来てねーよ」

暖はどこに行ってしまったんだろう。探さなければ。今は誉くんの方が危ないと思うけど、暖だってやはり心配だ。身軽になるため、私はバッグを椅子に置いた。

「為栗くんは、どうしてここにいるの？　生徒会の仕事があるように見えないんだけど」

「色々、事情があるの。時計には言う気ねーよ」

「どういう事情か教えてほしい。為栗くんが危ないよ」

せっかく時を戻っても、私の力がなさすぎて人の死を防げないのが苦しい。

結局は、私という頼りない人間のできる範囲でしか未来を変えられないなんて。

「……俺は俺で、守りたいものがあんだよ」

唐突な言葉だった。この人は何を知っていて、何を守ろうとしているの？

やっぱり誉くんは暖が好きで、帆南から暖を守ろうとしているってことかな。

「それ死亡フラグ……」

思わず、言葉が漏れた。そんなカッコいいこと言われて、遺言になるなんて御免だ。

「うるせ」

仕方がない。今は、暖を探そう。

私は自分の教室に戻り、暖がいないことを確認してから屋上階まで上がって、ドアノブが回らないことを確認した。そりゃあ、開かないよね。鍵は今私が持っているんだし。

また生徒会室に急ぎ、小窓を覗(のぞ)く。誉くんだけだ。暖はやはり見当たらない。

困り果ててすぐ隣の南階段を下り始めた。暖はどこに行ったんだろう。

踊り場まで下りて、ふうとため息をついてから残り半分の階段を下りようとして……。

ドンッ
一瞬、何が起こったかわからなかった。背中に大きな衝撃があって、私は全身のバランスを崩した。頭の中が真っ白になったまま、前のめりに倒れる。

「あ……」

声が悲鳴にもならないまま、私は階段から転げ落ちていた。

不意打ち過ぎたのと反射神経の弱さで、数度にわたって頭と全身をしたたか打った。ようやく最下段で止まったが、強烈な痛みに口もきけない。空気がうまく吸えなくて喘(あえ)ぐ。

誰かに突き落とされた？　もしかして、この世界で今回死ぬのは――私？

〝おまえもな。……うっかりしてると自分が死ぬぞ〟

遠ざかる意識の中で、誉くんの声が耳に響いた気がした。

長い夢を見ていた気が――

がばっと起き上がろうとして、「…つぅっ」と叫び、頭を押さえる。

側頭部に痛みが走ったんだ。思わず涙目になる。私また、朝に戻ってきたの？

ゆっくり視線を動かす。全体的に白い部屋。ふかふかの、ホテルみたいに真っ白なシーツ付きの羽毛布団がかかっている。私の部屋じゃない。枕元のスマホも――ない。

「起きた？」

声が降ってきて、恐る恐る斜め上を見上げて……驚愕のあまり叫び声をあげかけ、布団をがばっと頭の方まで引き上げてしまった。何がどうなってこうなってるの⁉

櫂くんが心配そうに見下ろしてる……ように見えた。現実と思えない。

「今日は……六月二日？　朝なの？」

恐る恐る布団を口元まで引き下げ、そっと見上げてみる。やっぱり櫂くんだ。

私はまたタイムリープしたの？　大体、ここはどこ？

「もう六月二日の夕方だよ。ここは保健室。おまえ、階段から落ちて頭を打ったんだよ」

「そ、そう……なんだ……」

タイムリープはしていない。そうだ、私は暖を探していて、階段から落ちたんだ。

時間は続いている。三回目の六月二日は終わっていないんだ。

「ちょうど生徒会室に向かってる時に、おまえが倒れてるのを見つけて。声かけたら〝大丈夫、全然平気〟って言うから救急車を呼ぶのはやめて保健室に運んできた。気を失ったっていうよりは、疲れて眠っちまってるように見えたし。隣だから俺が連れて帰りますって保健の先生に言ったけど、親御さんに連絡行っちゃったかも」

救急車なんか呼ばれたら困ると思って、誰かに必死で大丈夫と言った記憶はぼんやり残っている。緊張続きで確かに疲れ切ってるけど、眠ってしまうなんて情けない。

「記憶が混濁(こんだく)してる？　大丈夫だと思うけど、一応病院に寄ってＣＴ撮ってもらった方がいいな」

それにしても、運んできた……って。私、翟くんに運ばれたの？　ホントに⁉

保健室を見回すと私は奥のベッドにいて、ベッド脇の丸椅子に翟くんが座ってる。

「どうして翟くんがいるの？　明日も試合だから、旅館に泊まるんじゃないの？」

「今日の試合が終わったからさ。……別に、日帰りできる距離だし」

「なんで⁇」

翟くんはちらと私を見てからため息をついた。

「今朝おまえ、なんか気になる感じだったから。〝絶対何とかしてみせる〟って。何か抱え込んでるんじゃないのか。話せよ」

気づかれていたことに動揺しながらも、私は心底でほっとしていた。

暖や誉くんの死を、私だけで止めるのは無理かもしれない。耀くんに話した方がいい。

「あの……信じてもらえるかどうか、わからないけど……」

私はタイムリープ体験についてざっと話した。

暖の死、おメダイに祈ったこと、時を戻し暖に付き纏(まと)って死を回避したと思ったら、誉くんが死んでしまったこと。今日はもう三回目であること。どちらの死も、犯人は帆南かもしれないこと。

大まかな説明を終えると、耀くんはふと目を伏せ、苦しそうな表情を浮かべた。

「タイムリープを繰り返してきたわけか。俺がメダイを渡してから、何度も……」

それはまるで、耀くん自身の記憶を思い出しているかのようで……。

ハッとして顔を上げる。どのくらい時間が経っただろう。暖は無事だろうか？

「私、どのくらい寝てた？　暖はどこにいるんだろう。探さなきゃ」

「ここに運んできてからは二十分も経ってないよ。暖は見掛けてない」

耀くんが手元のスマホを見ながら言う。

「できることはしたと思う。とにかく今日一日、暖を屋上に行かせないようにすれば……」

誉くんに忠告し、帆南に家に帰るよう頼んだ。暖が屋上に行けないように鍵も……。

私は屋上の鍵のことを思い出した。

「私、鍵を持ってなかった？　茶色いマスコットがついた屋上の鍵なの。階段から落ちた時もそれ持ってたんだけど、耀くん知らない？」

手には持っていない。ポケットにもない。

「そんなものは落ちてなかったと思うけど」

「私、絶対持ってたの。ぎゅーっと握りしめて……」

さーっと自分が青ざめるのがわかった。

私は突き飛ばされて階段を落ちた。突き飛ばした理由は、鍵を奪うためだった？

「どうしよう。屋上に行かなきゃ。誰かに鍵を盗（と）られちゃったのかもしれない」

耀くんが素早く反応し、保健室の出入り口に急ぐのがわかった。私はベッドから下りてその背を追う。その時、私のポケットの中でスマホが鳴った。びくっとする。

「……帆南？」

私が画面を見て声をあげると、耀くんが戻ってきて慌てた様子で覗き込んだ。

『たすk』

メッセージはそれだけで、帆南からだ。家ではPCメインの帆南はフリック入力が苦手でローマ字打ちなんだ。たすけて、と打ちかけた？　心臓がぎゅっと縮んだ気がした。

何かが起こっている。場所は――屋上なの？

燿くんが無言で保健室を飛び出し、廊下を走り出した。私は必死で後を追う。

途中のエレベーター前で、燿くんがボタンを叩きながら電光表示を見上げている。私が追いつくと、燿くんが「ダメだ、止まってる」と呟いて中央階段の方へ向かった。

燿くんの背を必死で追いながら、中央階段を息を切らせて上る。私はもう既に泣いていたんだと思う。涙でぐしゃぐしゃになり、髪が頬に貼りつく。もう何がなんだかわからない。何かが起こってしまったと思いたくない。誰も死なせないで今日を乗り切りたい。

でも、恐ろしい予感は漆黒（しっこく）を纏ってどこまでも広がってゆく。

五階から六階へと上っている時、キ――ッという嫌な音が聞こえてきた。つんざくような……金属音に似た不快な音だ。まさか、悲鳴じゃないと思ってしまうんだ。人間は、そうそう人の本気の悲鳴なんて聞くことなく暮らしているから。

本気の悲鳴――断末魔のような。人が発したとはとても思えない、不吉な……

屋上階に着いた。燿くんが屋上の扉を開け放つ。鍵はやはりかかっていない。

後を追って飛び出したその時、屋上はがらんどうに見えた。誰の姿もない。

恐ろしい予感など、私の幻想だったのか……と胸を撫で下ろした瞬間、遠くから悲鳴が聞こえた。衝撃を受けた時の、複数の叫び声が合わさった音だ。

この喧噪(けんそう)には覚えがある。最初の六月二日、暖が落ちた時を思い出す。混乱と錯綜(さくそう)。まさか、あの向こうに。あの柵の向こうに――

足に震えがきて、もつれて、なかなか前に進めない。

先に辿り着いた燿くんが、柵から下を見下ろしている。背が高いから、椅子がなくても地上が見えるのだろうか、と妙に乾いた気持ちで思う。

「見ない方がいい」

フラフラと柵に近づく私を、燿くんが押し留めた。

「見なきゃいけない。私は、見なきゃ……」

私が必死で柵から乗り出して見ると、燿くんは止めはせず、身体(からだ)を支えてくれた。

地面には暖がいた。最初の日に見た時の光景と、それはよく似ていた。しかしそれだけではなく、すぐ隣に横たわる、もうひとつの折れ曲がった身体が。

学生服の、そんなに大柄ではない男の子。あれは、あれはきっと……

「暖と――為栗誉だ。ここから二人、同時に落ちたんだと思う」

「でも……『たすけて』って言ってきたのは、帆南なのに」

足がガクガクしてくる。どうして、暖と誉くんが一緒に落ちているの？

その時、不意に櫂くんが屋上の出入り口の方に向かっていった。

もうひとつの――惨劇の現場に。

屋上の扉の近く。扉が開いた時に隠れて見えにくい場所……

そのあたりで、櫂くんが腰を落としてしゃがんだ。

心臓がゴト、ゴト、と異様なリズムを刻むのがわかった。櫂くんが何かをじっと見下ろしている。陽が翳りかけて薄暗く、見えにくい。地面に何かがある――

「櫂くん……どうしよう、どうしよう私……」

足元がフラついてなかなか前に進めない。やっと辿り着くと頭を横からぶん殴られたような衝撃を覚える。変わり果てた姿の女の子がそこにいて……へたへたと傍らに膝をつく。

血だまりだ。血の絨毯の上に横たわる――

「帆南……？」

ボブカットでスレンダーで泣きボクロがあって……目を閉じてるけど、帆南だ。

「かなり鋭利な刃物で一突きされてる。心臓の近くを」

仰向けで横たわっている身体の全面が、血で真っ赤に染まっている。

ついさっき明るく話していた帆南が、どうして、誰にやられたの⁇　現実とは思えず、頭が回らない。目の前の現実がショックで、脳がインプットを拒否しているんだ。

私は暖を救おうとしたのに。暖も誉くんも、帆南まで死なせてしまったというの……⁉

ふと、帆南の左手にスマホが握られているのが見えた。

「ここから、私にメッセージを送ってきたってこと……？」

「誰かに刺されて、死ぬ前に助けを求めたんだ。凶器がここにないから、自殺もあり得ない。犯人が持ち去ったんだろう。帆南が刺された後、暖と為栗が落ちた」

燿くんが立ち上がった。

「どこ……へ？」

「連絡と、犯人捜し。こんなことは止めなくちゃいけない」

燿くんの手がぎゅっと握りしめられてる。大きなショックと悲しみを感じているのは伝わってきた。この人はツライ時ほど一見無感情に見えるくらい淡々と振る舞うんだ。

私は恐ろしくて悲しくて腰が抜けたようになってしまい、立ち上がれない。

ふと閃いてポケットを探り、おメダイを取り出そうとする。でもうまく摑めない。

「私、また時を戻してやり直すよ。私がまた、間違ったんだ。何度でも繰り返して、絶対三人を死なせないようにする。こんなのダメ。こんなの、あり得ない」

「やめろ」

鋭く言われてびくっとする。

「……どうして」

「酷い夢を見たことを思い出したんだ」

酷い、夢……？

私がタイムリープすると、未来は夢になる。でも私が変えてしまった部分以外は、世界は変わらない。たとえ百万回繰り返したって、同じ映画は同じ映画だ。殆どの人にとっては、きっと最初に撮ったフィルム……一度だけの日常を生きた感覚が残るんだと思う。

ただ、私の行動によって一日が変わってしまった人たちにとっては、どうなんだろう？

「なかったことになった未来」が「酷い夢」として記憶に残るのではないか。

「燿くん、暖や誉くんが死んじゃう夢を見た……？」

私が消してしまった未来の記憶を、燿くんは持っている……？

「思い出したんだ。暖と帆南と為栗と。何度も、何度も――」

燿くんが苦し気に額（ひたい）を押さえた。暖と、誉くんと……帆南が？　何度も？

おかしい。私の消してしまった未来では、死んだのは暖と誉くんだけだ。

「めちゃめちゃ鮮明な光景がフラッシュバックしてさ。血まみれの三人が――」

違う。私の変えてしまった未来と違う。帆南が死んだのは今回初めてじゃないの？

燿くんも別の未来を見てきたの？


「紡」

燿くんが静かに言った。

「……たぶん、この世界は三人とも死ぬことが決まってしまっている」

「どういう……こと？」

「おまえは、誰かの死を見つけるたびにタイムリープしていたんだろう？　たぶん、そのまま続けていれば、毎回三人とも死んでいたんだと思う」

衝撃に息を呑（の）む。

暖が死んだ未来。誉くんが死んだ未来。どちらも死を見つけた直後にタイムリープしてしまった。あのまま続けていたら、三人が死んでしまったというの？

「俺も未来を繰り返したんだと思う。今はほんの少ししか思い出せない。たぶん時間（タイム）

遡行者(リーパー)は、時間遡行(タイムリープ)をやめると、タイムリープしていた頃の記憶は維持できない――」

「……よくわかんない。いきなり三人も死んじゃうなんて、三人も死んじゃうことが決まっているなんて、誰がそんなことを決めたの？」

　数秒の沈黙があった。暗く重苦しいため息を感じた。

「わからないよ。強(し)いて言うなら――神かな」

〝当たってしまった不運は、運命なんだよ。受け容れるしかないんだ〟

　父の言葉を思い出す。運命を決めたのは、神様ということ？

「三人が死ぬことが決まっている世界を、俺は繰り返したんだと思う。六月二日に、三人は何らかの形で死ぬ。それをどうしても止めることができずに……」

　燿くんは黙ってしまった。泣いているのかもしれない、と思った。

「私に――バトンタッチした」

「記憶はない。夢の中で母親が、おまえにおメダイを渡せと言ったことだけしか憶(おぼ)えていないんだ。たぶん俺には不可能で、おまえだけにできることが何か……」

　燿くんは苦し気なため息を漏らした。

「あるんだと思う……」

耀くんのお母さんは、夢を通じて私におメダイを渡せと耀くんに伝えた。もしかしたら、「あの世」でしか知り得ないものがあるんだろうか。

私だけができる何かがあり、だから私にタイムリーパーのバトンが渡された――。

「ただ、犯人はいる」

耀くんの声に、私は顔を上げた。犯人が、いる……？

「三人は、天変地異や心臓発作で死ぬわけではないんだ。帆南は誰かに刺された。暖と為栗だって突き落とされた可能性がある。おまえは誰が帆南を刺したのか知っているか？」

「……知ら……ない……」

「タイムリープする前、暖や為栗は誰に殺されたのか、おまえは知っているか？」

恐ろしい現実を前に、喉が震え声が出てくれない。ごくりと息を呑む。

「私は、帆南が……二人を偶然殺してしまったのかなって思ってたの。暖は揉みあって落ちたみたいだったし、誉くんは突き飛ばされたように見えたから。でも……」

帆南は殺されてしまった。

「もしかして……三人を殺した犯人が別のどこかにいるのかも――」

〝因果律は、ごく単純に「原因があるから、結果が生まれる」「結果が生まれたということは、原因があったということ」〟

父の言葉を思い出していた。原因が殺人犯で、結果が殺人。とてもシンプルな答えだ。

「これは殺人事件だ。偶然の事故じゃない。犯人を見つけて止めないと犯行は止まらない」

犯行の前に犯人を捕まえれば、きっと死を回避できる。未来を変えられるんだ。

「だから、時間を戻すなら犯人が誰なのか確信してからにしろ」

確信？　なんとなく引っかかる。櫂くんは、犯人が誰なのか知っているの？

「櫂くん……犯人は、誰……？」

「もしかしたら――」

櫂くんはそれだけ言って俯いた。

「いや、わからない。どうしても、理屈に合わないんだ。俺の未来の記憶は、写真のような断片が少しあるだけで……」

櫂くんが視線を落としたまま何か考えている。それから私を見て、

「紡、時間を戻したら過去の俺に、錨(いかり)について調べろと言ってほしい」

「いかり……？」

「船の漂流を防ぐために海底に刺すアンカーの、錨だ。錨と言うだけでわかる筈だ」

「わ……わかった。錨ね」

「今回は明らかな殺人だから、きっとすぐ犯人がわかる。突き止めよう。犯人がわかったら、過去に戻って過去の俺に助けを求めろ」

　櫂くんが腰を落とし、私に手を差し伸べてくれる。

「俺が必ず守る」

　櫂くんが変えられなかった未来を、私が変えることなんてできるの？

「わ……わかった。犯人を絶対見つけて――」

　その時、理屈ではわかっていたんだ。犯人さえわからないまま同じ時を繰り返しても、死の連鎖は止められないんだ。私は未来を変えなくてはならない。

　だから私は櫂くんが差し伸べてくれる手に、手を伸ばした。

　それでも心は願ってしまう。麻薬のような、時を戻す魔法の力に魅入られるように。

　時を戻してほしい、まだ何も起こっていないあの朝に戻りたい、と。強く。

　そして、また――意識が途切れた。

第四章「犯人」をさがして

　暖(のん)の登場は、私の人生にとって事件だった。空から美少女が降ってきて熱愛してくれるアニメが、現実になってしまったみたい。天使が舞い降りてきたような毎日。

　お隣に住むようになってから、暖はいつでも「お兄ちゃん、お兄ちゃん」と櫂(かい)くんにくっついて回っていた。誰が見ても重度のブラコン。

　でも同時に暖は、私にも何かと抱きついてきて「紡(つむぎ)が大好き」と言い続けた。

「紡のことは私が守るの。紡を虐(いじ)める子がいたら、私がぶん殴っちゃうから‼」

　こんなに可愛(かわい)くてか弱い子が「ぶん殴る」というイメージが湧かなくて、言われるたびにくすくす笑ってしまう。

「笑わないでよぉ」

　暖はどうして、私のことをこんなに慕ってくれるんだろう。いつも多くの友達に慕われているのに。私だけを、いつでも親友として特別扱いしてくれるなんて。

私と暖は似ているところもあるし、性格が合っていたとも言える。でも結局のところ、私が隣の家に住んでいたからだと思う。

地球上に数えきれないほど人がいるけれど、出会える人は限られている。ほんのわずかな出会えた人の中から、人は恋をしたり、親友を見つける。

暖を守るのは私だと、ずっと思っていた。照れ臭くて言わなかったけど。

私を守ると言う暖を、私こそが守るのだと。

櫂くんと暖と私の関係は、暖を真ん中にしたシーソーだ。

暖が櫂くんにくっついてゆけば、二人は恋人同士のように寄り添って歩く。そして暖は、私にも無邪気に駆け寄ってきて、親友でいてくれる。

暖の存在は圧倒的で、その名前の通り、計り知れない熱量で私を暖めてくれた。

「紡、大好き。紡とだったら、一緒に死んでもいいよ」

こんなことも、暖はよく言っていた。共に生きるか、共に死ぬか。愛する人と、親友と、常に寄り添って生きるのが、暖の人生観なのかもしれない。

「一番大事なのは櫂くんのくせに、そんなこと言っちゃっていいの〜？」

「だって、お兄ちゃんも紡も大好きなんだもの。ずうっと一緒にいようね」

そう言ってくれた暖が、誰かに殺されてしまうなんて――


長い夢を見ていた気がした。

六時ちょうどに「ピヨちゃん目覚まし」がピヨピヨ鳴きだす。私は目覚めて……。

朝だ。何度繰り返しても、すべてはただの悪夢だったと錯覚する朝。

スマホで日時を確認する。……私はまた六月二日の朝に戻ってきた。

おメダイを握ってないのに、どうして戻ってしまったんだろう。屋上で、怖くてつらくて時を戻したいと思ってしまったのは確かだ。強く願うだけで戻ってしまうのだろうか。

燿くんからのメッセージの着信音が響く。また、一日が始まるんだ。

この世界には、きっとどこかに暖と帆南（ほなみ）と誉（ほまれ）くんを殺す意思を持つ「犯人」がいて、逃げ惑うだけでは三人とも必ず、死んでしまう。いや、殺されてしまう……。

犯人を見つけなければ。どうにかして、凶行をやめさせなければ。

「おメダイをちょうだい」

私は階段脇の櫂くんに駆け寄ると、いきなり言った。

「私はもうこれで、四回目の六月二日なの。このまま今日を過ごすと、暖や帆南や誉くんが死ぬんだ。私は誰かが死ぬたびにタイムリープして朝に戻ってきて――」

暖も誉くんも帆南も、未来で死んでしまった。

私はしどろもどろで説明しながら、涙が溢れてくるのがわかった。

犯人を見つけて止めなければ、三人が死ぬ未来はきっと変わらない。

もう私ひとりで止められるとは思わない。変えられなければ訪れるであろう恐ろしい未来に足が震える。一体どうすれば、悲劇を回避できるのか。

「三人の死を止めるのを、櫂くんに手伝ってほしい」

キッパリ言い切ると、しばらく沈黙があった。

「……わかった。今日は試合に行かずに学校へ行く」

突然の異様な話なのに、櫂くんが静かに言ってくれた。ほっとして涙が出そうになる。

未来は変わる。きっと変えてみせる。

私は家に戻ると慌てて制服に着替え、朝食も摂らずに家を飛び出した。

暖とはお互い五分待っても来なければ先に行くことになっている。櫂くんは、私が再度家を出るまでに、試合に出られない連絡を済ませたようだった。

「事件が起こるのは昼以降だと一応の想定をして、午前中はどこかで対策を練ろう」

通常より一時間近く早く学校に着き、校舎二階の片隅にある旧新聞部室に向かう。うちの学校はとても狭い。新聞部は唯一部室をもらっている文化系クラブだったが、一昨年廃部になり旧部室は物置と化している。ここなら、誰にも会わずに一日を過ごせそうだ。

部屋に着いた頃には、櫂くんに私のタイムリープ体験を大体伝えられた。

でも正直に言えば、私の頭の中はごちゃごちゃで、途方に暮れてしまっていた。

帆南は刺し殺された。出血は酷く、犯人は返り血だって浴びた筈。探しに行けば犯人はすぐ見つかったのではないか。櫂くんの言う通り、犯人がわかってから戻るべきだった。

学校という場所柄、見知らぬ人は入り込みづらい。学校内は関係者ばかりだ。同級生、先輩、先生……きっと近くにいる、想像もしていなかった誰かが犯人なんだ。

「俺はおまえに、犯人を絞り込むようなことは言わなかったんだな」

「うん。『もしかしたら……』って言いかけてたけど、『どうしても理屈に合わない』とも言ってた。誰のことを言ってたのかな？」

「わからない――今おまえに言われた未来は、俺には全く記憶が残ってないし……俺はおまえに、暖と為栗と帆南が死んだ光景がフラッシュバックしたと言ったんだよな？今の俺は、それも全く思い出せないんだ」

私は思わず、顔に失望の色を浮かべてしまったと思う。つまり今の櫂くんは、今朝初めて私からタイムリープ話を聞いただけ、ということになる。

「ごめん。私がしっかりしなきゃいけないのに。ホント、自分が情けない……」

タイムリープすると、言葉も証拠も何もかも、消えてしまう。未来は「なかったこと」になる。犯人はわからず、頼りない私の記憶だけが頼りなんて、泣きそうだ。


しばらく黙っていた櫂くんが、安心させようとする柔らかい笑みを浮かべた。

「……結局おまえも俺も、神どころか頭上の鳥にもなれない、プレイヤーなんだよ。見える範囲はとても狭い」

プレイヤーという言葉が、監督でもコーチでもない選手(player)を意味するのか、誰かの作ったゲームを遊ぶ人(player)を意味するのか、祈る人(prayer)を意味するのか、わからなかった。でももしかしたら、全部かもしれなかった。

「今はおまえだけが、ある絶望的な一日を複数の視点で観るチャンスを得ている。蓄積した情報を、ひとつずつ丁寧に整理してゆくしかないよ。整理しているうちに、俺も何かを思い出せるかもしれない。おまえの記憶も、整理しているうちに見えなかったものが見えてくるかもしれない。そのうちに、きっと突破口が生まれる。そう信じるしかない」

私は心底ほっとした。ひとりで考えているとパンクしそうだったんだ。話せるのが嬉しい。耀くんが一緒に考えてくれる。

「同じ日を繰り返しているとね、同じ映画を繰り返し観るみたいに、完全にそっくりになる時もあれば、びっくりするほど変わっちゃう時もあるんだ。放課後、暖に一緒に帰ろうって同じように声をかけたら、二回目は私と一緒に一旦家に帰ったけど、三回目は学校に残った。どうして〈違い〉が生まれるんだろう……」

「ひとつひとつの行動を気に病む必要はないよ。でも違いを細かく考える意味はきっとあるから、考えてみよう」

耀くんがホワイトボードの表面に触れて、使えそうか確認しながら言った。

「そうだ、未来の耀くんが言ってた。時を戻したら、錨について調べろと過去の耀くんに言ってくれって」

「錨……？」

「錨って言うだけでわかると思うって櫂くん言ってたんだけど、わかんないかな？」

すっと櫂くんの表情に影が差した。

「……わかった、と思う。ちょっと電話してくる」

櫂くんがスマホを手に部屋を出て行った。錨が、この一連の事件に関係あるんだろうか。待ちながら、私はホワイトボードを使えるように準備した。無意味に部屋を片づけつつ心配しながら三十分ほど待った頃、やっと櫂くんが戻ってきた。

「ごめん、父親に電話してたんだけど、思った以上に話が込み入ってて」

櫂くんはホワイトボードの前に立ち、ペンの蓋を開けながら言った。

「整理してみよう。おまえの記憶だけが頼りだ。できるだけ細かく思い出してほしい」

私はそっと目を閉じ、記憶を辿る――

ホワイトボードに三回の未来が整理されて書き出されてゆく。
①、②、③……そして現在の④を横に並べ、出来事を時系列で縦に記入してゆく。
櫂くんの指示で、私も書いた。「私が目覚めてからすべて」を。

ボードに書き切れない情報は手元のルーズリーフに記録し、切り取ってホワイトボードに貼りつけた。途中、何度もチャイムの音が聞こえた。やっと全部書き終わった頃には、二時間目も終わりかけていたと思う。

　ここは二階の一番外れにあり、滅多に人は来ない。それでも一応会話の音は抑えて、緊張しながら作業をし続けたので、書き終わると疲れ切って座り込んでしまった。

　長机に突っ伏していると、燿くんがポンポンと頭を優しく叩くのがわかった。ちょっと恥ずかしくなって、顔を上げられない。その時ふと、気配を感じた気がした。

　扉まで急ぐ。扉は開けずに小窓から覗くと、誰もいない。

　ちょうど二〜三時間目の間の休み時間だ。燿くんが大事な試合に行かずにここにいることを誰にも知られたくないので、少し不安になった。


　世界は四本の線に整理された。
　①で暖が、②で誉くんが、③で暖と誉くんと帆南が、死んだ。④は今だ。
「①〜③は、どれもたぶん、続けていれば三人とも死ぬ。つまり現時点でわかることは、死んだ順番だ。①は暖が、②は為栗誉が、③は帆南が、最初に死んだと思われる」
　③では帆南は刺されて、私にメッセージを送ってきた。メッセージを見た私と燿くんが屋上に向かう階段の途中で、悲鳴が聞こえた。あの時、暖と誉くんが屋上から落ちたんだろう。だとすると③で最初に死んだ（刺された）のは帆南ということになる。

「②と③の違いは、説明できる気がする。暖は②でも③でも、昼休みが始まった直後に帆南にメッセージを送ったんだな」

「うん……たぶん帆南宛てだったんだと思う」

耀くんは、ホワイトボードの記録を細かく指しながら。

「帆南と為栗は四時間目から生徒会室にいた。四時間目が終わるとすぐ、帆南はスマホを生徒会室に置き去りにして出て行った。帆南が出て行ってから、暖のメッセージが生徒会室の帆南のスマホに着信した。さらに数分後、おまえと暖が二人で生徒会室に到着した」

何を言いたいのか、頭がごちゃごちゃしてきてわからない……と思っていると、耀くんが淡々と続ける。

「……つまり、帆南のスマホに暖からのメッセージが着信した時、為栗はひとりで生徒会室にいたことになる。為栗はそのメッセージを見たんじゃないかと俺は思う」

「あ、そうか……！　暖が帆南に送ったメッセージ、誉くんも見たんだ……」

四時間目が終わってすぐ、暖は帆南にメッセージを送った。でもその時には、帆南は既にスマホを置いたまま、生徒会室を出てしまっていたんだ。

メッセージが着信すると、スマホの画面に表示される設定にしている子は多い。

きっと暖からのメッセージは帆南のスマホ画面に表示された。ひとりきりの生徒会室で、誉くんは帆南のスマホの着信音に気づき、暖からのメッセージを読んだんだろうか。そして見たことを隠すかのように、椅子(いす)に座って足を長机に載っけて……。

「つい見てしまったんだと思うよ。為栗は帆南が好きだから」

耀くんにさらりと言われて「えええええぇっ！」と叫んでしまった。

誉くんは暖が好きなの？　とは思ってたけど、帆南が好きなんて考えたこともなかったよ。

「それ、有名なの？　みんな知ってるの？」

「さあ？　学年違うしね。まあ、男同士の方が隠さないからわかりやすいのかもな」

「……隠さないんだ。ど、どうして？」

やっぱり友情とか、女子にはわからない男同士の心の繋(つな)がりがあるのか……。

「牽制(けんせい)」

「……そ、そですか」

ドキドキしてきた。そうか、誉くんは帆南が好きなんだ。

〃……俺は俺で、守りたいものがあんだよ〃

あの時、誉くんが守ろうとしていたのは帆南で、だとすると――

「誉くんは、暖が送ったメッセージを見た……」

　整理するように口に出してみると、燿くんがホワイトボードを指しながら。

「暖のメッセージは、〈昼休みに会いたい〉というだけじゃなくて、危険を感じる内容だったんだろうね。日頃から、暖の帆南に対する態度にも引っかかっていたのかもしれない」

　誉くんは、暖に危険を感じていた……？　だから誉くんは昼休みも放課後も、③で私が「ここにいると死んじゃう」とまで言ったのに、帆南を守るために生徒会室に居続けた？

「帆南は……」

　言っていいだろうかと迷いながらも、これを言わなきゃ伝えられないと気を取り直す。

「帆南は燿くんのことが好きなんだよ。暖は燿くんを取られちゃうと思ったんだと思う」

　帆南は燿くんが好き。そのことをハッキリ口にしたのは初めてだった。

　しばらくして、燿くんが静かに言った。

「俺は――そうは思わない。帆南は俺のことが好きではないよ」

「だって……暖が言ってたよ。前に帆南が、燿くんに『妹に気を遣うことないでしょ』って話していた場面を見ちゃったって」

「それは、誤解。帆南はじき為栗と付き合うんじゃないか？　あの二人はお似合いだよ」

　燿くんはずっと私に背を向けたままだ。淡々とした言葉で、気持ちが読み取れない。

なのに。
　櫂くんって女の子の気持ちに疎いのかな……。帆南はどう考えても櫂くんのことが好き
「誤解って……！」
「為栗は、暖のメッセージを見てしまい、帆南を心配した。だから暖と帆南を二人きりに
しないように、②でも③でも生徒会室を離れなかった。そこまではおまえも同意するな？」
　櫂くんが話を戻した。とりあえずは、何としても突破口を見つけなければ。
「うん、そういうことになると思う……」
　櫂くんはホワイトボードの②と③の流れを見比べながら。
「暖の行動は、②と③で違いがある。②ではおまえが暖に付き纏ったから、暖と帆南は放
課後の約束ができなかった。だから一旦帰宅した。③ではおまえが暖から目を離したから、
帆南と放課後の約束ができて、暖は学校に残ったんだと思う」
　②では、私がずっとくっついていたので暖はあまりスマホをいじっていなかった。③で
は、私が誉くんと話して生徒会室から戻ると、暖はスマホで何かしていた。

「②の帆南の行動を、推測を入れて振り返ってみよう。放課後、帆南は生徒会室にいた。

そこには為栗もいて、帆南に『暖が危ない』と忠告した。しばらく帆南は為栗と暖につい

て話してから、おまえからのメッセージに気づいて返信する」

〝悪い　ちょっと別の人と話し込んでた　話ってもしかしてノンノンのこと？〟

「帆南とおまえがやり取りをしていると、着信が入る。これがきっと暖からだ」

〝あ　なんか着信入ったから　ごめん〟

「その着信内容が、昼よりもさらに危うい感じだったんだろう。近くにいた為栗はますます帆南を心配し、二人の間に入ろうとして『俺もいるから生徒会室に来いよ』と暖にメッセージを送った……〈為栗が暖を呼び出した〉の実態はこんなものだと考えている」


頭がいい櫂くんと違って、私は理解するのにしばらく時間がかかった。

頭の中を整理するように呟いてみる。

「二回目の暖は、私が付き纏ったから帆南と約束できず、家に帰った……」

暖は家に帰ってから、約束してまた学校に戻ったわけだ。

「三回目の暖は、帆南と約束ができて、家に帰らず生徒会室へ行った……」

〝帆南、今日、生徒会室行く？〟

〝え？　ああ……行くと思う。約束があって〟

帆南はあの時、生徒会室で約束があると言っていた。きっと暖と約束していたんだ。

つまり、暖が帆南を呼び出したんだ。

誉くんは、帆南を守ろうとして突き飛ばされた。帆南は刺された。


「だとしたら、誉くんを突き飛ばしたり……帆南を刺したり……」

声が震える。櫂くんがひとつの結論を導こうとしているみたいに感じるんだ。

「全部の事件の犯人は暖だって言いたいの？」


水を打ったような沈黙があり――――櫂くんがぽつりと言った。

「犯人が暖なら、筋が通る」

「筋が通るって……そんなわけないよ。あり得ないと思って言ったんだよ」

「為栗は暖を危険視していた。暖が帆南に送ったメッセージが切迫していたんだろう」

〝大事なノンノンから目を離していいわけ？〟〝うっかりしてると自分が死ぬぞ〟

暖に対する皮肉交じりの言動の数々。

「暖は帆南に対して異常な憎しみを募らせていたのかもしれない。②では暖が為栗を突き飛ばしたのかもしれないし、③でも暖が帆南を刺してから自殺を図り、止めようとした為栗を巻き込んで一緒に落ちたのかも――」

「そんなわけないよ!!　暖だよ?　ねえ、耀くんは言ってることおかしいよ。あの暖だよ??　暖はほわほわしてて優しくて、絶対絶対、人を刺したりなんか……」

言葉が詰まって続かなくなった。涙が溢れてくるのがわかる。


耀くんがそっと目を伏せた。

「俺は暖を疑った。俺が屋上で言っていた『もしかしたら……』というのは、暖のことじゃないかと思う。でもどうしても、理屈に合わないんだ」

「理屈に……合わない……」

「この世界は、何度繰り返しても三人とも死ぬ。時を繰り返して何度も三人が死んだと、未来の俺が証言している」

消してしまった未来に思いを馳せるように、耀くんはホワイトボードを見た。

「三人は毎回、殺される。殺人犯は存在して、毎回殺人を成し遂げる。時をやり直しても、いきなり不慮の事故で……たとえば鉄骨が落ちてきて死ぬことはない」

そうだ。私が出会ったどの死も、誰か人の手によるものと思われる。過失かもしれないけれど、死ぬ原因は事故や病気ではなく、常に殺人犯なんだ。

三人視点で言えば、「何度やり直しても殺される不運が当たってしまっている」。

殺人犯視点で言えば、「何度やり直しても殺人を成功させる運を手にしている」。

世界をやり直すたびに殺人を繰り返している犯人は、存在するんだ。

「だから……暖が犯人であることは、あり得ない。①では暖が最初に死んだ。もし暖が殺人犯なら、死んだ後で帆南や為栗を殺すのは無理だ。殺人犯は別にいる」

耀くんはそう言い切ると、私を静かに見た。

「……そ……そうだよ！」

ほっとして心臓がバクバクしてきた。

犯人が三人のうちの誰かであることは、あり得ないんだ。
①で暖が死んだ後に、私は生きている帆南と屋上で会っている（暖はシロ）。
②で誉くんが死んだ後に、私は生きている暖と階段で会っている（誉くんはシロ）。
③で帆南は刺されて死に、暖や誉くんが屋上から落ちたのはその後だ（帆南はシロ）。

一体どこに犯人がいるの？　どこかに三人をつけ狙う異常者がいるんだよね？

それは一体、誰なの……？

「時を繰り返すたびに殺意を持つ者が変わって、殺人者がコロコロ入れ替わるなら、人間が自己同一性を失った誰かの駒(こま)ということになってしまうよ。世界を繰り返しても、殺人犯は入れ替わっていないと俺は思う」

耀くんが苦し気な目で私を見た。

「同じ犯人が毎回、三人を殺したんだ」


コンコン。

はじかれるように顔を向ける。誰かが扉をノックしている……？

「今って、授業中だよね。誰だろ……」

慌てて扉へ向かうと、目の前でガラッと開いた。

「はーろー」

線対称な美少女二人が、にっこり笑ってピースサインしている。

「橘(たちばな)さんたち……」

この二人を見ると、反射的に脱力してしまう体質になってる。

「紡ちゃんが困ってる気がして、探してたの」

「そろそろ私たちの出番じゃないかしらと思って」

擢くんが近づいてくる気配がする。来ないでというジェスチャーをしようとすると。

「橘、まゆ……？」

驚いたような声だ。学年が違う擢くんまで「まとめ呼び」をしているなんて。

「擢くん、麻衣ちゃんと結衣ちゃんだよ。まあ、まとめて呼んでる人は多いけどさ……」

「何を言ってるんだ……？　麻衣と結衣？　……橘まゆだろ」

ざらっとした違和感を覚える。恐怖に近い気持ちがひたひたと満ちてくるのがわかる。

「ねえ紡ちゃん」

「私たちは二人でひとりなの」

まさか、この二人――

「ねえ擢くん。この双子が、もしかしてあなたには……」

ひとりに、見えている……？

双子を振り返ると、内向きに傾きながら二人が笑った。

「私たち、今は紡ちゃんにしか二人に見えないの」

「あなた以外のみんなには、ひとりの橘まゆに見えているのよ」

信じられない。確かに、皆がこんな目立つ容姿の双子に注目しないのは不思議だと思っていたんだけど。私だけ、双子に見えている？　どうして⁇

櫂くんに振り向くと、不思議そうな顔で私と双子を見ている。同じものを見ていて違って見えているかもしれないなんて、ヘンすぎて頭が混乱する。


思えばタイムリープが始まってから、私の生活も人生もふわふわ浮いてる。

過ぎた時間を消してしまうことは、言葉も生きていた証も何もかもを葬ってしまうこと。

繰り返し時を戻し、密やかな喪失を重ねる毎に、日々が眩暈に呑まれていく。

シンメトリーな美しい双子を前に、私はただひたすらに、ぼんやりしていた。

降りてくるのは希望よりむしろ、淡い絶望で。

これが「因果の環を外れる」ってやつかなと思ってみたりして――


「私たちは、コネクター。タイムリーパーだけに見える、時の繋ぎ目」

「私たちの知ることは、ほんの少し。この運命線が……」

立ち尽くしていると、双子が私の両手を片方ずつ取って頬に当てた。

「どこからきて」

「どこへいくか」


そして双子は、きゃっきゃと笑いながら嬉しそうに部屋に入ってきた。

並んで長机に座ったり降りたりしてはしゃいでいる。頭痛がする……。

「橘さんたち、あのさー、うー……あなたたち、何なの？　えーと、そんで、櫂くん！」

振り向いて櫂くんに向き合う。珍しく視点が合わないぼんやりした顔をしてる。

「私と橘さんたちが話してるのって、櫂くんにはどう聞こえるの？　ほら、たとえば私が『橘さんたち！』って呼ぶと、そのまんま聞こえるの？」

櫂くんには双子がひとりに見える。そこまではわかった。でも会話はどう考えても、整合性を欠くではないか!!　今まで私は双子に、複数形で話しかけていたのに、周囲は全く気にせず「まゆ、おはよー」とか挨拶(あいさつ)して通り過ぎていった。それ、どういう仕組み!?

「二人であることを聞く前は知らんが、今は、おまえが複数形で話しかけて、ひとりでテンション高い女がつらつら答えてるみたいな……ちょっと不思議な感じになってる」

「ふふ、さすが生徒会長さん。正確無比ねっ」

「みんなには、紡ちゃんのセリフもテキトーに修正されて聞こえてる筈よ」

二人でもテンション高くて不思議な感じだけどね（泣）。

「コネクターって何？ 何故タイムリープのこと知ってるの？ あなたたちって超能力者？ それとも神様なの？」

私が勢い込んで聞くと、双子が顔を見合わせてくすくす笑った。私は少し赤くなる。

神様はおかしかったかな。でもなんて言えばいいのか。天の御使いとか？

「私たちは、運命線と運命線を繋ぐ者であるだけ」

「神様じゃないわ。ささやかな存在よ。ふふ」

さっぱりわかんない。日本語で話してほしい。私も二人を分けられなくなってきちゃったよ。二人があまりにも同じなので、ひとりの人が話し続けているように感じるんだ。

「むしろ今この時、超能力者はあなたよ、紡ちゃん」

双子が私の目の前に迫って覗き込んでくる。目がチカチカしてぐるぐるしてくる……。

「運命線、から説明してくれ」

黙っていた櫂くんが、超絶クールな……低い声を発した。

「この世界が何度も繰り返す中で、君たちは何度もこいつに会っている筈だ。でも今まで、君たちはコネクターだと明かしていなかった。〈運命線〉の意味。〈コネクター〉の意味。君たちが〈今〉現れた意味。その三つを早急に説明してくれ。三人の命がかかっている」

しん、とする。耀くんが真剣な口調で愛想も何もなくすと、どう見ても怒り心頭みたいに見えてしまうんだ（本当に怒っているのかもしれない）。

私がガクブルしていると、双子が顔を見合わせて「うふふふっ」と笑った。

「そうね、運命線から話すわ」

「それは長い長い物語(It's a long long story)……」

耀くんが呆(あき)れたように一瞬天を仰ぎ、私は眩暈がしてきた。

「本当に長い物語なのよ」

「死んでも続くくらい」

双子は私が勧めたパイプ椅子に並んで座り、にっこり笑って語り始めた。

運命線――聞き慣れない言葉だ。手相占いで使われている掌(てのひら)の線みたい？

「〈運命線〉は紡ちゃんの知る言葉では〈世界線〉に近い意味だと思うわ」

厳(おごそ)かに双子は言った。

〝……これから『何が起こる』んだ？　おまえはこの世界線の未来で何を見てきた？〟

「世界線」は誉くんにもふざけて言われた。パラレルワールドの世界における、過去から未来に続く時間の線として使われることの多い言葉だ。

無数の世界線が並行に流れている並行世界（パラレルワールド）で、タイムリープは自分にとってよりよい世界線を探す旅ということになる。

無数の線はお互いに影響し合っていて、ひとつの未来に収斂（しゅうれん）してゆくのかもしれない。

だから、並行世界の中でよりよき未来を探すことは、世界線全体にとっていいことなんだろう。でもこの世界がパラレルワールドかもしれないと思うと、私は苦しくなる。三人が死んだ世界線がどこかにあり、そこから自分だけが逃げてきたみたいで――

「生きている」「有効な」線はたったひとつ、という説もある。

「この世界の〈運命線〉はたった一本よ。そう私たちは認識している」

双子がそう言い切った時、私は少しだけほっとした。

「〈運命線〉は、未来の予定なの。過ぎ去った過去については、変わらない。変えることができるのは常に未来」

世界には「運命線」という予定コースが設定されているのだそうだ。

ひとりひとりに予定コースがあり、全体としても繋がっていて、世界全体の「運命線」の中で自分に関わる部分が「自分の運命線」と言えるらしい。

細かい日常のすべてではなく、決まっているのはあくまでも「大まかな予定」で、それは車のナビシステムに近いものなの、と双子は言う。

「大まかな……予定とは？」

燿くんが聞き返す。大まかな予定ってことは、いつ大災害が起きるかとか、いつ戦争や世界恐慌が起こるかとか、いつ総理大臣や大統領が変わるかとか？

「大事な人との出会いや生死、そして恋愛の予定ね。ある人が何歳で誰に会って、誰と恋愛して、誰と結婚して、いつ自分の子供が生まれ、いつ死ぬかって感じ」

「そ……そうなんだ」

意外過ぎて、衝撃を受けてしまった。燿くんも驚いた顔で双子を見返している。

「とても大雑把に言うと、人生は、高速道路を利用して目的地に向かう旅みたいなものなの。そして運命線は、車のナビみたいなもので、最後まで予定コースが決まっているわ。高速道路上に入っている間はコース変更は無理で、予定された出来事が確実に起こる」

車に乗った自分をイメージしてみた。父がいた頃は、よく車でお出掛けしたんだ。

タブレットのナビアプリに父が「到着地」を入力すると、出発地から到着地までの予定コースを表示してくれる。父がタブレットをホルダーに固定して、出発だ。

高速道路に入るとコースは自由度を失くす。画面には分岐点や出口等の最低限の表示だけになるんだ。高速道路上で突然コース変更をすることは無理、というのはよくわかる。

「分岐点でだけ、コース変更が可能なの」

「分岐点……？　それって一体、どういうところにあるの？」

今私は、運命を変えようとしてタイムリープしているところだから、すごく気になる。

「分岐点はそれぞれの運命線の中で、決断して、生み出すしかないわ」

「もしくは予定コースを間違えて、道なき道を進んでいってしまう」

決断して生み出す？　間違える？　なんだか頭が混乱してきた。

「運命線分岐ポイントは、予定外の恋の始まり」

「愛の終わり」

双子が並んで、頬を寄せ合うようにしてにっこり微笑む。

ふざけているわけじゃないと思うけど、どうにも言動が不思議ちゃんすぎるよ……。

「言葉通りよ。心の中で恋が始まり、愛が終わると運命線は分岐する」

ワケがわからない、という気持ちが顔に出たのか、双子が笑顔で続けた。

「全員とは言わないけど、人には大抵、赤い糸の相手がいるものなの。そしてそれぞれの運命線――人生の予定コースを持っているのよ」

人には赤い糸の相手が本当にいて、人生の予定コースを持っている⁇

「例を挙げるわ。Aさんという女の子がいるとしましょう。彼女の運命線は〈十九歳でBくんと付き合って二十歳でお別れする〉〈二十五歳で赤い糸の相手であるCくんと出会って付き合い、二十八歳でそのままCくんと結婚する〉〈三十一歳でDちゃんが生まれる〉と定められているとするわ」

Aさんの運命線（人生の予定コース）を、なんとか頭の中で整理してみる。

「Aさんは二十六歳の途中まで運命線通りに生きていた。でも二十六歳のある日、Cくんと喧嘩して別れてしまったとするでしょ」

「あ、赤い糸の相手なのに別れちゃうの……？」

「だって、人の心は自由だもの」

双子がにっこり笑った。

「AさんとCくんが結婚しなかったことで、その先の運命線予定は遂行できない。生まれる筈だったDちゃんも生まれないことになるわ。そして人ひとりがこの世に生み出されないというのは、絶対的なことなの。必ず大きく未来を変える」

ハッとした。確かに生まれる筈だった子が生まれなければ、未来は大きく変わる筈だ。

「だからAさんとCくんが運命線の予定外のお別れをすると、運命線は分岐して、新たな運命線が生まれるの」

「赤い糸の相手の人と別れちゃうと、新しい運命線が生まれるんだ……」

「そう。そして未来の果てまで、全予定の計算し直し。運命はいつかどこかで赤い糸の相手と再会できるように紡ぎ直される」

「紡ぎ、直される……」

自分の名前が出てきて、ちょっとドキッとしてしまった。

「でもね、運命線の分岐は赤い糸の相手と別れた時だけじゃないわ。すべての恋愛が、赤い糸の相手に出会うためのルートへ繋ぐ過程にある。Aさんの人生は、Bくんと付き合ったことで変わり、変わったからこそCくんと付き合うことになったのよ。だからすべての恋愛の変化が、運命線を分岐させるの」

すべての恋愛の変化が、運命線を分岐させる……？

「赤い糸の相手でも、そうでなくても、運命線において付き合う予定がある相手は、必ず出会うわ。でも心は自由だから、予定通りに付き合わないこともある。そして予定外の恋愛の始まりと終わりはいつも運命線を分岐させ、新しい運命線を創り出すのよ」

なんだか怖くなってきた。


私の怯えた顔を見て、双子が微笑んだ。

「心配しなくても、大抵は予定通りの相手と結ばれるわ。でも〈人の気持ち〉こそが本人の自由で、縛れない。人は予定外に恋に落ちたり予定外に嫌いになって別れたりするわ」

「予定にあっても、好きにならなかったりするんだ……そのたびに分岐して、新しい運命線が創られちゃうの？」

隣で櫂くんが、深刻な表情で双子の話を聞いているのがわかる。

「そうよ。予定外に心が変化すれば、ぶわ――っと遠い未来まで、全予定が組み替えられ、塗り替わる」

あまりのことに、茫然として言葉が出ない。

「Aさんが B くんではなく予定外の E くんと付き合ったとして、三カ月で別れたとするでしょ。どうせ別れたのだから、もとの予定コースに戻れるのかというと、戻れない。人の恋愛って、不可逆性を持つのよね。Aさんは、もう運命線が変わって新しい運命線に入ってしまっている。二十五歳で C くんに出会う運命線には戻れないわ」

「……じゃあ、C くんとの出会いはどうなるの？　赤い糸の相手なんだよね？」

「紡ぎ直した運命線は、いつか C くんとまた巡り会えるように創り直されるけど、かなり遠回りになってしまうことはあるわね。そうしているうちに、また分岐が起こればさらに出会いにくくなったり、逆にうまく出会いやすい流れに入れたり」

「運命って、そんなにどんどん変わるんだ……」

愕然としていると、双子が私の両側にやってきて、両手を取った。

「運命線は、運命の相手とはぐれないように創られる人生の予定表なの。新しい運命線になっても、強く結ばれた運命の相手ほどまた出会えるように何度でも縁が創り直されるわ」

「つまり――予定外の恋の始まりや愛の終わりは、必ず運命線を分岐させるってこと」

双子がにっこり笑った。

つまり、人はそれぞれ未来の予定表である「運命線」を持っていて……

そして心が変化するたびに、分岐して新しい運命線が創り直されるってこと？

「運命線の分岐っていうのは、恋愛限定なのか？　進路や仕事の選択とか……もっとなんか、人生の分岐点ってあるんじゃないのか？」

　燿くんが、誰もが心に抱きそうな疑問を問いかけた。

「分岐点はほぼ、恋愛の変化。それは恋愛が人の生死を左右するからよ。運命線にある予定で最も重要なのは、人の生死なの。恋愛が分岐に関わるのは、人を生みだすから。恋愛が変われば結婚も変わり、子供も生まれたり生まれなかったり、変わってしまうでしょ」

　息を呑む。確かに、恋愛が変えてしまうものは、すごく大きい。

「最初に決まっていた予定の運命線通りに最後まで生きる人も多いわ。でも長い人生の間には、一度や二度の……いえ、もっと多くの分岐を経験する人も、少なくないわね」

「どんどん違うコースに変わってしまうなんて、なんか怖い気がしちゃうんだけど……」

「分岐して新しい運命線を創り出したら、そこが本線になるってこと。今目の前にある運命線がすべてよ。人の人生は常に、〈過去（これまで）〉と〈未来（これから）〉しかないわ。だから」

双子はそこまで言うと、私と櫂くんをゆっくり順に見て微笑んだ。

「運命線上の運命を回避したいなら、分岐させて予定外の道を切り開くしかない」

話は、かなりの衝撃で――――でも、死を見て時を戻すことを繰り返してきた今の私にとって、あまりにもふわふわと聞こえてしまって。

だって、運命の赤い糸の相手と何度でも巡り会う話と、今日三人が死ぬ運命をどう変えるかの話って、なんだか全然違う話みたいじゃない⁉

「具体的に、どんな時に分岐が起こるんだ？」

櫂くんが、突破口を見つけ出そうと頑張っているのがわかった。

「運命線予定にない人の笑顔を見て不意に好きになってしまった、その瞬間とか。逆に何故か急に、相手への気持ちが冷めてしまった瞬間とか。好きな人と別の女の子がキスしてるのを見ちゃった、もうダメだー！　って絶望して自分の中で恋を諦めた瞬間とか」

聞いていて、愕然とするのがわかった。そんなのが分岐の条件なんて。

「とにかく、恋心が変わらなきゃダメなの。それも、運命線の予定外に」

「……つまり、運命線が変わるには、予定外の恋が始まったり終わったりしなきゃいけないってことなの？　それも……心の中で？」

「そうよ、紡ちゃん」

「わかってくれて嬉しい！」

……つまり、人の前には常に、運命線が敷かれていて未来が決まってるんだ。でも心が変われば運命線は分岐して、新運命線を創ることができる。

タイムリープができても、今の運命線の未来を知っただけ。時を繰り返したとしても、心が変わらず同じ運命線のままなら、予定通りの出来事が確実に起こってしまうってことなんだ。

呆然（ぼうぜん）として、頭の中の整理がつかない。死を回避したい、だから運命線を分岐させたい……と思ったら、心の中で恋が生まれたり消えたりしなきゃいけないの⁉　そんなの、可能なこととは思えないよ‼

「他に、手段は」

櫂くんも苦渋の面持ちだ。

「そうね、予定外の殺意も運命線を分岐させることができるかも……」

双子が人差し指を顎に当て、首を傾げながら言う。予定外の殺意……？

「理論的にはそういうことになるわ。死は運命線で決められているけど、人の気持ちが突然変わって予定外に死なせることもあるから」

「それはつまり、予定外の人を殺したいと思えば、分岐が起こることがあり得る、と？」

櫂くんが鋭く切り返すと、双子は花が咲いたように微笑んだ。

「そう！　誰か予定外の人をすっごく殺したくなれば、分岐することになるわ」

論外だ。頭痛がしてきた……。

「つまり、運命線を分岐させるのは」

「死亡フラグと恋愛フラグ――と言えるわね」

双子がにっこり笑うのを見て、私は眩暈を感じた。

「そもそも、何故運命線が決まっているんだ？　〈運命の相手と巡り会うために運命線が創られる〉と唐突に言われても、運命の相手とは一体、誰が決めたのか……」

　燿くんが聞いた。私もそこが疑問だ。いかにも唐突なんだ。

「運命の相手を決めたのは、あなた自身よ」

　私自身……？　そんなものを決めた覚えはないので、戸惑う。

「私たちもちゃんと教えられているわけじゃないから、想像でだいぶ補ってしまっているんだけど……運命線が決まっているのは、輪廻転生のため」

「輪廻転生……⁉」

　燿くんがぎょっとした声を発した。

「人は死んでも、赤い糸の相手はもちろん、家族や友達や……たくさんの大事な人と、生まれかわって何度でも巡り会うようにできているの」

「今あなたにとって大事な人たちは、前世においても大事で、再び巡り会うことを希っていたからこそ巡り会えた人たち」

「う、生まれかわってあるの⁉　家族や友達って、来世でまた会えるの⁉」

　衝撃すぎて大声で叫んでしまうと、双子が私の右と左に寄り添った。

「そうよ。あなたの大事な友達も、恋人も、ご両親も――――あなたが現世でまた会いたいと思った人の多くは、きっと来世で再び巡り会うわ」

話が大きくなってしまって、頭が混乱する。つまり、現世での運命の相手というのは、前世の自分が「この人とまた結ばれたい」と決めた相手っていうこと？

だから「運命の相手を決めたのは私自身」ってことなの⁇

「お互いがこの人とまた巡り会いたいと願う気持ちが、来世での縁となる。つまり運命は、死ぬまでじゃなく、死んだ先もずっと続いているの」

双子が笑顔で語り続ける。

「分岐しても、現世の未来だけじゃなく、来世や来々世やその先で巡り会える縁を創る必要があるわ。現世ではどうしても結ばれることができなかった恋人同士も、二人の願いが強ければ、来世では出会わせなきゃいけない。だから」

「分岐するたびに、分岐した人やその周辺の人の運命線のすべてを、書き換えなきゃいけないの。この世の果てまでも」

心が変われば、運命線が分岐する。

生まれた新運命線は、この世の果てまでも紡ぎ直される――

ふわふわした話の予想外の壮大さに、私は呆然としてしまった。

現世で親しい人は、来世でも巡り会えるという運命の話は聞いたことがある。確かに、人の生死や恋愛が変わって分岐が起こり、新運命線に変わってしまったら、現世の残り人生はもちろん、来世以降の予定だって変わってしまうよね。

「〈きっと来世でも巡り会える〉と言うのは簡単だけど、全員がそれぞれの再会を実現するには、〈縁(えにし)〉という運命の計らいが必要よ」

「そして分岐のたびに、〈縁の総書き換え〉を行わなければ、おかしくなってしまうわ。ね。とても長い長い物語でしょう?」

双子が頬を寄せ合ってにっこり笑った。

やっと双子の言う「運命線」の全体像が見えてきた。

自分の足が震えてきたのがわかる。私は時を繰り返しながらどこかで、繰り返しの果てには必ず、幸せな大団円が用意されているような気がしていた。でも現実は、ただがむしゃらに時を繰り返すだけでは、未来は変えられないんだろう。世界の仕組みを聞いてしまった今、運命線を分岐させることがどれほど難しいかわかってしまった――

「どんな学校に入っても入らなくても、どんな職業に就いても就かなくても、運命線は分岐しないわ。出会い方は変わっても、誰と恋愛し誰と結婚し、いつ子供が生まれ、いつ死ぬかの運命は変わらない」

進学や職業でどんな選択をしても、お互い生きていれば出会いの縁は創れる。

人が過去を振り返って「彼と出会った日、どうしてあの店に行ったのかな。普段は行かないのに」と思うような時には、運命の計らいがあった可能性が高いと双子は言う。

「運命線のコースは、その時の自分に最適な計算がされる筈よ。でも時に、人は自分でも予測不可能な心の変化を起こして、運命線を分岐させて別の運命線コースに突き進んでしまうの。それがまた、人生の面白さではあるのだけれど」

双子はしみじみと頷き、私も思わず聞き入ってしまった。

「運命線は、その時の自分に最適な計算がされる――って」

不意に、ずっと黙っていた櫂くんが苦々しい表情で言った。

「その〈最適な計算〉ってヤツをしたのは誰なんだ。〈神〉なのか？」

ハッとした。そうだ。今、私たちの目の前には突破できない壁が立ち塞がっている。

今の運命線のままじゃ、今日中にも三人が死んでしまうんだ。

死ぬ運命の人は、運命線を分岐させて新しい運命線を創れなければ必ず死ぬ。そして恋愛が変わらないと、運命線は分岐できない⁉　恋心なんてそんな簡単に変わらないよ。

つまり、もう三人が死ぬ運命は変えることができない？

「運命線を決めるのは誰なんだ？　運命線を分岐させたとして、新しい運命線は誰が創るんだ？　誰かが〈運命線＝縁(えにし)の予定表〉を未来の果てまで創ってるんだよな？」

そうだよ、三人が死ぬ運命が「最適な計算」なんてあんまりだ。

「そうね、運命線を創る存在を、私たちは超越者と呼んでいる。それはコンピューターシステムみたいなものだと思っているの。運命線が分岐するたびに、機械的にダイスを振って新たな運命線を計算するわけ。最新のスパコン(スーパーコンピューター)を遙(はる)かに超越した性能を持つ、神のような〈システム〉かな」

神のような「システム」が、運命線が分岐するたびに、私たちの新しい運命線を創り上げる。途方もなくて現実感を伴わないイメージが、ぼんやりと脳内に浮かんだ。

「神のような〈システム〉って……神様なの？」

私はぽつりと呟いた。自分でも意味のわからない質問のような気はしたのだけど。

「紡ちゃんの言うところの神様は、おひげを生やしたおじいさま？」

からかわれた気がして悲しくなる。ちょっと涙目で見返すと、双子は優しく微笑んだ。

「別にからかっていないわよ。言ってる意味はわかっているつもり。人間を超越する存在がそこにあり、人間ひとりひとりの運命を左右しているとして——そこに人間の理解できる〈人格〉のようなものはあるか？　ってことよね」

人格はあるか。判断はあるか。「想い」はあるか。

「そうだ。三人死ぬのが〈最適な計算〉と言われても、はいそうですかと納得はできない」

櫂くんの言葉に静かな憤り（いきどお）が宿った。


「神様がいるかどうか、私たちにはわからない」

しばらくの沈黙の後、双子がゆっくりと言葉を選ぶように言った。

「新しい運命線が創られる作業は、とても無機質で、機械的よ。人格はないと思う。なのに今、紡ちゃんは、時を繰り返して未来を変えるチャンスをもらっている」

双子が並んで、私を見つめている。

「どんな死だって、当事者から見れば理不尽極まりない筈だ。この死を救うチャンスがあってもいいと客観的に〈判断〉しているのは誰なんだ？　そこには——」

「『愛はあるの？』」

双子が両手を握り合いながら「きゃっ」と笑った。

櫂くんが毒気に当てられたような表情で、「確かに意志を感じるって言おうとしたんだ」と言って横を向いた。双子が「ごめんね」「つい」と口々に言う。

「早すぎる死は、どうしても一定数起こってしまうわ。長い輪廻の中で順に引き受けるしかないのでしょうね。ただ、今回のこの死は……」

双子が私の目を覗き込むように見た。

「回避するチャンスを与えていい、という〈意志〉が働いていると感じる」

〝当たってしまった不運は、運命なんだよ。受け容れるしかないんだ〟

父の言葉を思い出す。当たってしまった不運は、受け容れるしかない。

でも今回の死は、やり直すチャンスを誰かがくれたということ？

「運命を回避させるチャンスを、〈誰か〉がタイムリープという形で与えてくれる時があるんだわ。〈誰か〉を神と呼ぶかどうかは、あなたの自由よ」

双子が私を見てにっこり笑った。

「二番目の質問、〈コネクター〉の意味についても答えるわ。紡ちゃん、あなたが繰り返した未来はまだ未確定な未来だったの。夢と現実の狭間に、可能性の枝分かれがあるわ。私たち双子は、狭間の住人。どこから来てどこへ行くのかを助ける、繋ぐ者」

　櫂くんが視線を落とした。双子の言葉たちを噛み締めるように。

「運命線は、車のナビみたいなものだと言っていたよな。車がナビの指示を無視して別方向に進もうとする時、枝分かれして混乱する。混乱しないように助けるのが君たちコネクターの仕事だと、そういうことか？」

　櫂くんはすっかり双子を複数として扱うことに慣れたみたいだ。双子はにっこり笑った。

「そう。コネクターだから、接続を助けるの。私たちは二人でありながらひとり、ひとりでありながら二人。運命線は分岐する時、どこかから来て、どこかへ行く。新運命線にスムーズに移行するには、ひとりでも二人でもある私たちが〈必要〉なの」

　ふう、と櫂くんがため息をついた。

「でも分岐が起こったかどうかは、人間には自覚できない話だよな」

「そうね。私たちが双子であることは、誰にも認知されない。コネクトは静かに起こり、私たちも静かに助ける。人は、分岐したという自覚はなく新運命線に移って、一本道を歩いているという意識で生きているわ」

「たまに……ほんのたまに、タイムリーパーが現れて、私たちを双子だとわかってくれる。紡ちゃん、今はあなたがタイムリーパーね。あなたには未来を変えるチャンスが与えられたんだわ」

双子が手を取り合ったまま、微笑んで私をまっすぐ見た。

燿くんと双子の会話は難しくて全部はわからない。でも、今自分に何が起こっていて、何をすべきなのかはわかった気がした。

理不尽な運命線が生まれてしまった時、神様が時を戻す力をくれることがあるんだ。

今は私が、力を与えられたタイムリーパーなんだ。

でも、心を変えられなきゃ新しい運命線は創り出せない。どうすれば心は変わるの？

「死ぬ人数の問題ではないけど、私たちも理不尽だと思うわ。ひとつ前の運命線で、三人もの高校生が次々と死んでしまう未来ができてしまったんだものね」

「ひとつ前の——運命線？」

燿くんが鋭く聞き返した。

「ええ、紡ちゃんが繰り返したひとつ前の運命線よ」

双子の言葉で衝撃が走った。

「今は、別の運命線なのか？」

鋭く聞き返す櫂くんを見ながら、私は両手で口元を覆う。誰かの心が変わって、運命線が分岐したの？　ここはもう、三人が死ぬあの運命線ではないの？

「ええ。変わったわ。高遠原櫂くん、あなたもひとつ前の運命線をタイムリープしていたのはわかってる。途中でタイムリーパーが入れ替わるのは極めてイレギュラーで……記憶は残ってないんだけど」

「いつ分岐したんだ？」

櫂くんが怖がられてもおかしくない鋭さで聞く。

「ほんの、ついさっき。私たちがここに来るより少し前よ。運命線が分岐した〈今〉だから、私たちはそれを説明しに来たの。これが、最後の問いの答えね」

双子は全く動じずに答えた。

「分岐が起きるには、心の変化が必要なんだよね？　少し前に、誰かの心が変化したの？」

問いながら唇が震える。双子は「そうでしょうね」と頷いた。

「じゃあ、ここは新しい運命線なんだね？　この運命線はもう誰も死なないの？」

「残念ながら、誰も死なないとは言えないわ。ただ、三人が死ぬことはない。ひとりだけ」

背中に冷たい汗が流れたような気がした。

「誰が死ぬかは言えない。私たちがこの運命線の未来について教えられることは、それくらいね」


いつの間にか、誰かの心が変わって新運命線に分岐していた。今は、新しい「誰かひとりが死ぬ運命線」。まだ、誰も死なない運命線は得られていない――


「ひとつ前の、三人死ぬ運命線では、結局犯人は誰だったのか教えることはできるか？」

「残念だけど、死ぬ人が誰なのかはわかっても、犯人は私たちもよくわからない。そして私たち繋ぐ者（コネクター）は、いつでも〈繋いでいる二つの運命線〉の記憶しか持っていないの」

「ひとつ前と、今の運命線しか記憶がないってことか？」

「そう。私たちは、それ以前の記憶は残せない。りんごがりんごであることをわかっているみたいに、なんとなくわかっているだけ。本当に私たちって、笑っちゃうほど小さな部品ね。接続（コネクトする）の時に使うだけの――」

双子がおでこをくっつけあって両手を合わせながら、しくしくと泣く仕草をしてみせた。

「とにかくこの運命線では、三人死んでしまう未来ではないんだな。一体どこで、何が起こって分岐が起きたのか……」

耀くんがため息をついた。私も不安でいっぱいになって胸を押さえた。一体この運命線では誰が死ぬ運命なんだろう。暖も帆南も誉くんも、絶対に死んでほしくないんだ。

双子が私にずいっと近づいてきた。

「私たちは、無数の運命線分岐を見てきた。エピソード記憶はないのに、経験は蓄積されて、なんとなくわかる。あなたたちがタイムリープを繰り返しても、誰かは死なせてしまうかもしれない。誰も死なない未来に分岐させるのはきっと、難しい……」

手を握り合って、泣きそうな目をする。この子たちだってツライと感じてくれてるんだ。

「ひとりは死んでも仕方がないって言うのか。つまり、せっかく分岐したのだから、〈今〉の運命線を、そのまま続けていけと」

耀くんが押し殺した声で言うと、双子が悲しそうに顔を見合わせた。

「いいえ。この運命線を続けることは、よくないと思う」

三人の死んだ運命線がダメで。今回の、ひとりが死ぬ運命線もダメで。でも、誰も死ない運命線に分岐させるのは難しいだろうって？

「紡ちゃんが願う限り、タイムリープは繰り返せるわ。今、未来を変える力を持っているのはあなたよ」

そう言われても、どうすればいいのかわからない。

「強く願えなくなれば、時を戻せなくなる。永久に諦めないことは不可能だから、いずれはタイムリープできなくなるわ。それまでにぜひ、いい運命線を創り出して」

「時はどのくらい戻せるものなの？」

「たぶん、最長で一週間程度。運命線が分岐しかけたまま、未確定でいられる期間は最長で七日程度ってこと。それ以上時間が経(た)つと戻れなくなるから、気をつけてね」

「わかった……」

どうすれば三人を死なせない運命線に分岐できるんだろう。責任の重さに潰(つぶ)れそうだ。

「じゃあ私たちは、もうそろそろ行くわ。あなたにはいつでも、今の運命線を続ける自由がある。もし、このままこの運命線を進めるなら――いい人生をね」

　双子がキッパリと優しく言った。

「あなたはタイムリープをやめたら、私たちが二人だったことも、タイムリープをしていたことも忘れるわ。紡ちゃん、元気でね」

「そんな……忘れちゃうなんて」

「私たちは存在して存在しないような、狭間の存在だから。それでいいの。そして二人であることは二人が知っているから――」

　双子は額をくっつけあうようにして、いつものように笑い合う。

「誰よりも孤独かもしれないけど、誰よりも孤独ではないのよ。だっていつも二人」

「紡ちゃんと話せて楽しかったわ」


「勝手に話を終わらせるなよ。聞きたいことがある」

　黙っていた櫂くんが、鋭い声を発した。

「「なあに？」」

　双子がふわっと笑う。

「タイムリーパーは、死ぬことはあるのか？」

　ぎょっとする。櫂くんは私が死ぬんじゃないかって、心配してくれてるの？

「タイムリーパーは決して死なない――ということはないわ。死ぬ運命線上にいる可能性はある。ただ、この運命線で紡ちゃんの死は想定しなくていい。安心して」

双子は私に微笑みかけてから、手を繋いだまま部屋の出入り口に向かおうとした。

そこでふと双子が立ち止まる。何かに気づいたようだ。

少し戻り、ホワイトボードの正面に回り込んで、手を繋ぎながらじっと見入る。

「これ、運命線を並べた表よね」

①、②、③、④と並んでいる。④は今だから、最初の方しか書き込んでいない。細かい出来事の書き込みまで、双子は興味深そうに読んでいる。

「あ、うん、そうなの。なんとか未来を変えたくて、必死で思い出したの。①から③まで、起こったことは色々違うのに、同じ運命線なんだね。不思議……」

双子が首を傾げた。二人で内側に頭を傾けたので、ごつん、とぶつかって痛そう。

「おぼえてない――」

双子が同時に、すうっと指でホワイトボードを指した。

「①が思い出せないわ。私たち、ひとつ前の運命線は二回だと、認識、していた」

双子は困惑している表情で、①の出来事を丁寧に読んでいる。

「私たちは、この表の②……為栗誉くんが死んでしまったこの日が、紡ちゃんの最初の一日だと今の今まで認識していたの。同じ運命線である限りは、何百回繰り返されても覚えているわ」

〝私たち繋ぐ者(コネクター)は、いつでも〈繋いでいる二つの運命線〉の記憶しか持っていないの〟

双子はひとつ前と今の、二つの運命線しか憶(おぼ)えていないと言っていた。

「私たちは時を繋ぐと、今繋いでいる運命線の記憶以外は消えてしまうの。だから私たちに櫂くんのタイムリープの記憶は残っていないの。それは、タイムリーパーが入れ替わったからだと思っていたのよ。でも、ここに①があるなら理屈が通るわ。紡ちゃんはタイムリーパーの役を櫂くんからバトンタッチした時、一度別の運命線を経験している」

「別の……運命線?」

「運命線が一度分岐したということ。①は紡ちゃんの最初の運命線よね。別の運命線が生まれない限り、私たちはタイムリーパーに事情を告げに行ってはいけないの」

双子は丁寧に①を読み終えてから②を指差した。

「でも②③に戻った時は、既にあった運命線だから、やはり告げに行けなかった。分岐して新運命線ができた時しか、私たちは事情を伝えることができない。タイムリーパーが交代することがイレギュラーすぎて対応できなかったのね」

　話が複雑でよくわからない。横の燿くんを見ると、厳しい表情で双子の話を聞いている。

「つまり――――燿くんが旅した運命線をAとすると、バトンタッチした紡ちゃんが最初に旅した運命線はBで、その次の二本は運命線Aに戻って、今は運命線C、ということになるわ」

「どういうこと？　運命線A？　B⁉」

　私が完全に混乱して聞くと、燿くんが横から静かに言った。

「おまえが過ごした一回目は、二回目三回目とは違う運命線だったってことだよ」

　私が過ごした一回目は、二回目三回目とは違う運命線だった……？

　一回目は、暖が死んでしまった。二回目は誉くんが、三回目は三人が死んだ。

　三回とも「続けていれば三人が死ぬ運命線」だと思っていた。一回目だけ違う運命線？

　ちょっと信じにくい。だって最初の日は昼休みまで、二回目や三回目とほぼ同じだった。

　朝起きて、朝食を食べて、暖と学校に行って……何か違った？　思い出せない。

　双子はしばらくの間ホワイトボードをじっと見つめた後、お互いを見つめ合った。

数秒沈黙があり……そして私ではなく、櫂くんに振り返った。

「あなたにはきっと」

「どうすればいいか、わかる」

……どういうこと？

「いい選択を」

それだけ言い残して、双子は突然ふわっと風のように走って部屋を出て行った。

何がなんだかわからないまま、私は立ち尽くし……櫂くんは厳しい表情のまま視線を落としていて、しばらく話しかけることができなかった。


双子が去って、たっぷり五分くらい経ってから櫂くんがぽつりと言った。

「一回目のことを、もう一度聞きたい。二回目や三回目と、どこかで違いが出た筈なんだ。そこを探れば、分岐点がわかる」

一回目と、二回目や三回目との違いで、分岐点がわかる――――？

「俺たちは、四回の運命線が、最初から最後まで同じ運命線だと思っていた。俺も繰り返した、必ず三人が死んでしまう運命線だ」

ずっと同じ運命線を繰り返していたんだと思っていた。

どんなに頑張っても三人が死んでしまう、悲劇の運命線を。

「でも、一回目と四回目は別の運命線になっていた。それは、目が覚めた朝は同じ運命線だったけど、一回目と四回目は途中から分岐していたってことなんだ」

朝六時に私が目覚めた時は、いつも同じ「三人が死ぬ運命線」で……

二回目と三回目は、最後まで同じ運命線のまま。

一回目と四回目は誰かの心が変わって、途中から別の運命線に分岐したってこと？

「おまえが目覚める朝は同じ運命線なんだ」

櫂くんがホワイトボードを見やった。

「四回とも、おまえが違う行動を取ったことでかなり違う一日になっているよな。でも丁寧に振り返ってみてくれ。二回目と三回目は、最後まで同じ運命線のままだから、おまえの行動の影響がない部分はコピーしたみたいに同じの筈だ」

目覚めた朝を振り返ってみる。同じ櫂くんのメッセージ。同じ母のセリフ。同じ形の目玉焼き。まさにコピーだ。

「最初の日と、四回目の今回は、途中から分岐したんだ。分岐した後は、〈コピー〉をやめて〈やり直し〉が起こっている筈なんだ」

コピーと言われて思いつくことがあった。コピーしたみたいにそっくりの目玉焼きだ。

「つまり、同じ運命線のままだと、目玉焼きもそっくり同じ形に焼けるってこと？」

「そう。同じ人間でも、〈やり直し〉になれば、少しずつ行動がズレてゆく。同じ人間でも毎回、焼く目玉焼きの形は違う。コピーのようにそっくりな時は運命線は分岐していない。コピーじゃなくなったら、別の運命線に分岐した後なんだよ」

「目玉焼きの形はコピーだったから、分岐が起こる前なんだ……」

やっと、少しだけわかってきた。

「分岐箇所(かしょ)を見つけるには、タイムリーパーの関与なく他の人の行動に微細(びさい)な違いがあったのは〈どこから〉なのかを探せばいいってことだよ。わかるか？」

「うん……なんとか、少しわかってきた気がする」

同じ運命線である間は、私が何かを変えなければずっとコピーが続く。

運命線が分岐すると、「やり直し」が起こってコピーではなくなる。

「一回目と二・三回目の違いを探してくれ。コピーしたように同じだったのに、一回目だけ途中から変わって、二・三回目のコピーではなくなるんだ。おまえが何もしなくても「コピー」から「やり直し」に変わる、その瞬間が運命線の分岐点だ。」

「うん、……探してみる」

朝は、いつも三人死ぬ同じ運命線から始まる。私（タイムリーパー）の行動の変化に関係なく、相手の行動に「違い」が始まった瞬間が、運命線の分岐点……。

「まず昼までの間に、暖の行動が違っていた部分を思い出してほしい」

「最初の日、暖はずっとスマホを握ってメッセージを待っていたみたいに見えた。それで四時間目の授業中にメッセージが来たみたいで……」

そうだ。一回目の暖はメッセージを「待っていた」。

「二回目や三回目では、暖は四時間目にメールかメッセージを打ち始めて……そして昼休みになってすぐ、メッセージを送ったように見えた」

「一回目の暖はメッセージを待っていて、二・三回目の暖はメッセージを送ったのか。四時間目にはもう違う運命線に分岐していたんだろうな。もっと遡ろう」

「そうだ！　登校した時にね、二回目も三回目も階段で帆南に会ったの。一回目では会わなかった……」

「登校時にはもう分岐していたってことか？　もっと前に〈違い〉はあるか？」

「一回目は双子に昇降口で会って、二・三回目は、双子が階段の上から下りてきて会ったんだよね……それも〈違い〉かなあ？」

「それも〈違い〉だろうな。双子に会った時には既に、別の運命線になっていたんだろう」

改めて考えると、双子のセリフも一回目だけが少し違っていた気がする。

起きてからずっとコピーは続いていた（分岐前）。

学校に着いて双子に会った時は、もう違っていた（分岐後）？

「双子に会った時って、学校に着いてすぐなんだよ。その前の朝ごはんや通学電車はコピーって感じで、〈違い〉が見つからない。一体どこで分岐が起こったんだろう？」

目を閉じて、細かく思い出してみる。同じ目玉焼き、同じ母のセリフ。

暖と登校した時、電車の中での暖のセリフのひとつひとつも、私の影響がない部分は同じだった。「同じようなもの」ではなく、「コピーしたように同じ」……。

「もう一度、一回目の朝を丁寧に振り返ってみてくれ。朝、目覚めてからのすべてを」

それまで気に留めなかった細かい部分まで、全部櫂くんに話してみる。

朝、目覚ましを止めて……おメダイを受け取ってポケットに入れて。暖と一緒に駅へ行き、帆南の話を聞いて、私が慰めて、電車に乗り、暖が電車の中で髪を直してくれたりして。坂道を上って、学校に着く。一回目は昇降口、二・三回目は階段で双子がやってきた。

もうここからは違ってる……。

「やっぱり、帆南についての慰め方の違いで、何か暖の心が変わったってこと？　私、何を言っちゃったんだろう……」

私は必死で会話内容を思い出そうと頭を抱えた。一回目で私は「帆南は副会長だからだよ」とか言った気がする。副会長。実は暖は書記より副会長になりたかったとか？　いや、暖は人前で話すの嫌だから書記がいいって言ってたような……。

　私が困り果ててぶつぶつ言っていると、櫂くんが言った。

「じゃあ一回目に学校に来てから、これまで挙げた人以外に話しかけてきた人はいるか？　昼までじゃなくていい。一日の中で違いを探せば何か見つかるかも」

　話しかけてきた人。私が話しかけた人。

　一回目は、あまり人と話さなかった気がする。暖が浮かない顔なのが気になってチラチラ見ていた。そして昼休みは暖が教室を出てしまって……。

　私は仕方なく、同じクラスでちょっとヲタクめのお弁当グループに入れてもらったんだ。皆、アニメ話をしていたけど、参加しなかった。私はカレーパンを食べて……。

　そう、袋を落として、拾った時に。

「真理奈ちゃんが、話しかけてきた……」

〝紡ちゃんネックレスしてるでしょ。身体を動かすとね、キラッキラッて光るの。けっこう目立つから、外した方がいいかも〟

「真理奈ちゃんにネックレスが見えるって言われて、それで私はトイレに行っておメダイを外したの。思い出した。だから一回目の午後からは、おメダイをポケットに入れてた」

「その子にネックレスが見えるって言われて、ポケットに入れたわけか。一回目の昼休みに」

　燿くんが衝撃を受けた顔で私を見た。もしかして、真理奈ちゃんを疑ってるの？

　真理奈ちゃんは普段は無口で、リア充でもヲタクでもない「おとなしい子グループ」に属している感じで、いつも本を読んでいる印象で……。

「でも、かがんだりしなきゃ見えないみたいだったから、真理奈ちゃんくらいしか気づいてなかったと思う……」

　燿くんが深刻な表情で黙ってしまい、何かを考えている。私は不安でいっぱいになり、真理奈ちゃんがどんな子だったかを必死で思い出そうとした。

「錨について調べろと、三回目の俺に言われたんだよな」

　黙り込んで何かを考えていた燿くんが、不意に言った。突然話題が変わって戸惑う。

「う、うん。錨って言えばなんのことかわかるって。あの……その問題は解決したの？」

「錨は、名字なんだ。人の名字」

「錨さんっていうの？　変わった名字だね」

「錨さんだって、おまえに言われたくないだろうよ」

　淡々と燿くんが指摘する。確かに私の名字「時計(とけい)」は極めて珍しい。

「錨は、俺の母親の旧姓なんだ。つまり母親の実家だ。高遠原家に来るまでの暖は、母親と一緒に錨家にいたんだ」

「そう……だったんだ……」

「複雑な話なんだ。暖と俺は、父親も母親も違う。暖の母親は、俺の母親の妹だ。暖を産んですぐ亡くなったそうだ」

燿くんがさほど重々しくもなく、さらりと言った。お母さんの妹、ということは。

「燿くんと暖って、従兄妹(いとこ)だったんだ……」

血の繋がりが全然ないいんじゃなくて、でもやっぱり結婚はできる――


「俺の母親の実家には直系の女性だけに伝わる能力があって、暖も能力を持っている可能性が高いらしい。無自覚なままでいれば発現しないで済むことが多いので、暖には血縁のない養子としか伝えていないんだ。俺も聞いてなかったことが多くてさ。さっき電話で父親を問い詰めて、やっと色々わかったよ」

「能力って、何……？」

「霊能力、のようなものだね。多くは十代後半に発現する。そしてその能力が発現する時は極端に精神が不安定になり、暴れ出したり、自殺するケースも多いんだそうだ」

突然放り込まれた話に驚き、そしてぞっとする。

「……つまり暖は今、霊能力が発現しかけて不安定だってことなの？」

「わからない。ただ、もし発現しかけているなら……今はとても危険な状態だ」

耀くんは、何かひとつの方向性を示唆しようとしている。でも聞くのが怖い。


「俺は暖が――――」

耀くんが私を見た。暖が好きなんだ、と告白される気がした。

「死ぬのは耐えられないんだ。母親の遺言は、〈暖を守ってほしい〉だった」

「私も、暖が死ぬなんて耐えられないよ。絶対、暖を守りたい」

そう言うと、耀くんは強い緊張がほどけたようにふっと笑った。

「ありがとう」

「お礼なんて、必要ないよ。暖は親友なんだもん」

私がちょっと照れて言うと、耀くんは笑みを浮かべた。

いつものように優しく、少し遠い……孤独を湛えたような笑顔だった。


耀くんが何を考えていたのか、その時はよくわからなかった。

後から思えば、ヒントはいくらでもあった。どうしてわからなかったのか不思議に感じられるほどに。でも渦中（かちゅう）にいる時の人間なんて、そんなものだ。時間に追われて、思い込みに囚（とら）われて、気づくとのっぴきならないところに追い込まれている。


その時ふと、スマホの着信音が鳴った気がした。

誰だろう、まだ四時間目の授業中なのに。焦りながらポケットから取り出して見る。

『二人きりで会いたい　内緒の相談事があるの』

……暖からだった。

「何か来た？」

櫂くんがそう聞くと同時に、さらにメッセージが着信した。

『屋上で待ってる』

屋上？　帆南から屋上の鍵を借りたの？　すっと背中に冷たいものが走る。死んでしまうひとりというのはやはり暖で、暖は屋上から飛び降りようとしているの……？

私は涙目で櫂くんにスマホ画面を見せた。内緒と書いてあるけど、そんなの無理だ。

「返信、どうしよう」

「『わかった』と返してくれ。屋上へ向かおう。俺も暖に見つからないように近くにいる」

暖は今、不安定なんだ。それは能力が発現し始めているからで……優しくてふわふわした暖は、今は違う人格に乗っ取られているのかもしれない。

「暖が、少しでも屋上の柵に近づこうとしたら、私叫ぶからすぐ来て」

　櫂くんが頷いた。

　屋上へ向かって歩きながら、櫂くんは話し始めた。

「運命線を分岐させるのは、予定外の心の変化だ。恋愛だけじゃなく、殺意でも分岐すると双子は言っていたよな。憶えてるか？」

「うん……憶えてる」

〝誰か予定外の人をすっごく殺したくなれば、分岐することになるわ〟

「予定外の〈心の変化〉が運命線を分岐させる。それはおまえもわかったか？」

　私は曖昧に頷いた。難しくて全部わかった自信はないけど。「心の中で」恋が始まったり終わったりすることで、運命線は分岐する――と双子は言っていた気がする。

「心が変化すると、分岐して新運命線ができて、未来予定が変わる。心が先だ。先に新運命線ができて、予定に合わせて心が変わるわけではない」

　因果律を思い出した。物理学的に言えば「原因は結果より時間的に必ず先行する」だったっけ。

「心の中が変われば、変わった時点で予定が——未来が、変化する。それだけのことなんだと思う」

予定外に恋が消えれば、別れてしまうかもしれない。

予定外の恋が生まれれば、告白したり、付き合い始めたり……。

「予定外に恋心が変化すると、未来の恋愛予定が変わる。それと同じように、予定外の殺意が生まれると運命線を分岐させるんだ」

恋愛ではなく、恋愛フラグが。死亡ではなく、死亡フラグが。

「それまでなかった殺意が生まれることで、運命線が分岐しちゃうってこと?」

「そう。強い殺意が、予定外に生まれたり消えたりする時に、運命線も分岐するんだと思う。事故や病気は人には変えられない運命だ。でも、殺人は人によって為(な)される」

予定外に強い殺意が生まれれば、殺人が起こるかもしれない。

「そうか……〈恋心〉や〈殺意〉が変化すると、運命線が分岐するんだ……」

恋も殺意も、生死に関わる心の変化だ。

運命を、未来を、変えてしまう……


「メダイは――」

淡々と耀くんは続ける。私がそっと横を見上げると、無表情だ。

「母親が形見分けとして俺に渡すと言い遺していたんだ。本当は暖が欲しがっていた」

そんなに大事なものなのに、私がもらってしまったなんて。

「一回目の朝、おまえは首にメダイをかけていた。電車の中で暖が髪を直したと言ったな」

「あ……」

驚きで、私は立ち止まってしまった。

髪を直す時に、全部の髪を後ろにまとめるように持つ。その時ネックレスに気づき、そして暖は髪を抱き締めるようにしてそっと――おメダイを見たんだろうか。

「俺はそこが分岐点だと思う」

階段の踊り場で、私たちは向かい合っていた。

重い沈黙に潰れそうになる。校庭から、体育祭の練習の掛け声が聞こえる。

「始まりは、帆南への殺意だ。予定外の殺意が生まれたことで運命線が分岐し、二人を殺して自殺する運命線が生まれてしまった。タイムリープしておまえの目覚める朝は、毎回三人が死ぬ運命線だ」

　櫂くんの言っていることが、うまく頭に入ってくれない。あまりにも恐ろしいことを言われている気がして、脳が受け付けてくれないんだ。

「一回目の朝、おまえが持っているメダイを見て、殺意が自分へ向いた。それで運命線が分岐し、自分だけが自殺する運命線が生まれた」

「櫂くん、違うよ。そういうことじゃ……ない……」

　力なく反駁する。ガタガタと腕が震え出して、両腕を自分で強く抱く。

「俺は三人死ぬ運命線を何度も繰り返して、どうしても分岐させられなかったんだろう。暖の殺意を消せなかった。何故なら——」

　櫂くんが私をまっすぐ見た。

「俺は暖を妹としか思えないから」

　知りたくない、知らなくてはいけないこと。選びたくない、選ばなきゃいけないこと。何もかもが弾け飛んで、見えなくなる。

「一回目に暖が自分で飛び降り、二回目で暖が為栗を突き飛ばし、三回目では暖が帆南を刺し、自殺を止めようとした為栗を巻き込んで落ちる。それが一番、自然なんだよ。ただ、一回目が三人死ぬ運命線のままなら、最初に死んだ暖が犯人ではあり得ない。自分が死んだ後に二人を殺せないからだ。だから暖は犯人ではないと一度は思い直した。しかし、一回目の運命線は別の運命線に分岐していた」

「櫂くん……もう、いいよ、櫂くん……」

涙が止まらない。どうしてこうなってしまったんだろう。

「俺は暖の欲しがるものを決してあげられない。でも暖は今、未来や人の心が視える力が発現し始めているから――嘘はつけない。今の暖は不安定で、狂気に近い〈殺意〉が生まれていて……」

「そうじゃない。暖じゃない。暖は……」

櫂くんが泣きじゃくる私を静かに見下ろした。

「紡、犯人は暖だ」

時が止まったような気がした。

耀くんがまた階段を上り始めた。もうすぐ屋上に着いてしまう。耀くんは着いてしまう前に、私に伝えようとしたんだろう。でも私の心はどうしても受け付けてくれない。

耀くんが、最後の一段を上り終えた。扉の向こうに暖がいるんだ。

「イヤだよ。そんなの、イヤだ……」

扉に手をかけられない。暖が犯人なんて信じたくない。もう私は駄々っ子みたいになっていた。俯いている頬を、涙があとからあとから溢れて伝わる。

「紡……」

どうしよう。暖が犯人なら、どうしたらいいんだろう。

「何かあったら叫んでくれ。すぐ行くから。この運命線を見極めなきゃならない」

そこでまた、メッセージの着信音が響いた。ポケットに入れたスマホからだ。

『もういい』

たった四文字。自棄を感じさせる言葉に、スマホを持つ手が震える。

「このまま、この運命線を続けるべきだろうと、俺は思ってる」

耀くんが呟いた。それは、三人死ぬよりひとりの方がいいってこと？　そのひとりは、暖？

そんなの嫌だ。これからでも、この運命線を分岐させたい。暖の殺意を消せばいいんだ。

暖は純粋で優しい、天使みたいな子なんだ、殺意なんてきっと、消せる筈。

暖が死ぬなら、何度でも繰り返す。きっと救ってみせる。

「私、行く！」

扉を開けて、振り向きもせず屋上に飛び出した。


ふわっと眩暈のような熱を感じて、一瞬足元がふらつく。暖が見当たらない。

「来たのね」

声が近く聞こえてハッとする。横に振り向くと暖が立っていた。荒涼としたコンクリートに射す直射日光が眩しい。気配さえも焼かれてしまったみたいだ。

体育祭の練習の音が遠く聞こえる。二度と届かない平和な夢のように。

「暖……授業サボっちゃったの？　メッセージ読んでびっくりした」

どうして私が学校に来ているとわかったの？　と聞こうとして思い出す。双子が来る前に部屋の外で気配を感じた時があった。扉の小窓から覗いても、誰もいなかった。

ちょうど二～三時間目の休み時間だ。あの時……運命線が分岐したの？

暖は無表情で、まっすぐ立ち尽くしたままこちらを見ている。姿かたちは暖なのに、とても冷ややかで凛としていて、別人の雰囲気だ。

暖にはいつも「特別感」があった。ほわほわと優しいのに、カリスマ性とでも言うべき存在の強さがあったんだ。今、暖は滲(にじ)んでいた輪郭(りんかく)がくっきりと見え始めている。別人のようになったのではなく、私には今まで暖が見えていなかったのかもしれない。

「紡が私からお兄ちゃんを奪おうとするなんて、思わなかった」

深い悲しみと怒りを含んだ声だった。

「奪う……？」

何故そんな風に思ったのか、わからない。

暖の頬に赤みが差す。怒り？　憎しみ？　これが運命線を分岐させた殺意なの？

「暖は何か誤解してるよ。奪おうとなんて、してない。櫂くんは私のことなんて、何とも思ってないし、私だって櫂くんのこと――」

〝暖は今、未来や人の心が視える力が発現し始めているから――嘘はつけない〟

「好きになっても、そんなの絶対叶(かな)わないってわかってるし……」

嘘はつけない。暖は今、人の心の中や未来が中途半端に視えて、混乱しているのかもしれないけど、明らかな嘘はきっと見破る。

どんなに櫂くんが好きでも、決して叶わないとわかってる。それはそのまま私の本音だ。

「お兄ちゃんはガードが固くて、気持ちがよくわかんない。たぶん、誰のことも愛してないと思う。私に対しても、恋愛感情がないのはわかる――」

暖は私から目を逸らして、校庭の方を見やった。

耀くんは暖を過保護なくらい大切にしてきた。それは全部、家族愛なの？

〝俺は暖を妹としか思えないから〟

こんなに可愛い暖を妹としか思えないなんて、ヘンだよ。

……耀くんってもしかして、「誰のことも愛せない系男子」？

「お兄ちゃんは私を重荷に思ってるの。お母さんに頼まれて、無関係な私を守ろうとしてるだけなの。私が重いの。私に疲れてるの。だから……」

暖は、自分が錨家と血縁のない他人だと思って、引け目や孤独を感じている？

「きっとお兄ちゃんは私を置いていってしまう――」

「耀くんは、本当に暖のことを大切に思ってるんだよ。暖を置いていくわけないじゃん。いつだって暖が一番大事で……」

「それじゃ嫌なの‼」

暖が両手のこぶしを胸元で握って叫ぶ。暖を包むデリケートなバリアが、一気にはじけてパリンと割れたみたいに見えた。まるで、世界がひび割れるみたいに。

「大事にしてくれなくていい。好きでもないのに選んでくれなくていい」

〝違うの。選ばれたいんじゃない〟暖が言っていた言葉が蘇る。

「帆南ちゃんがお兄ちゃんを奪っていこうとしてるって思ったの。でも違う。今日わかった。お兄ちゃんを奪っていくのは紡だ。お兄ちゃんも紡も、重荷なだけの私を置いていってしまうんだ。私、またひとりぼっちになって――」

「暖、落ち着いて。暖が重荷なわけないから。それに櫂くんは私なんか……」

これまでにない、激烈な感情をぶちまけながら泣きじゃくっている暖を前に、私は途方に暮れた。言葉が届く気がしない。顔を手で覆って頭を左右に激しく振る暖のふわふわした髪が、振られる頭についていけず、ゆっくり周回遅れで揺れている。

そして私の心に、静かな絶望が生まれるのがわかった。言葉が見つからないんだ。

誰かを心から愛しても、相手から同じ愛がもらえない時、人はどうしたらいいんだろう。

〝俺は暖の欲しがるものを決してあげられない〟

櫂くんは運命線を分岐させられなかった。妹として大切でも、それは暖の求める愛情ではないから。だからって、私に何ができるというんだろう。

「暖、とにかく私は、櫂くんを奪おうとなんて――」

そのくらいしか思いつかないまま必死で言葉を連ねようとした、その時。

キラッと暖の手元が光るのが見えた。

いつの間にか暖は、胸元でその両手にナイフを握って、まっすぐ私に向けていた。

「の……暖、早まらない、で」

舌がもつれる。やっとの思いでそれだけ言って、大きく息をつく。

暖の手の中のナイフは、私の平凡な人生の中では見たこともないような先の尖(とが)った形状で、たぶん折り畳まれていたものを今開いたもので、銃刀法違反で捕まりそうな……。

「もう、いい」

そう言いながら暖の手が震えている。私も足元からガタガタと震えがあがってくる。

「お兄ちゃんに置いていかれたら、私生きていけない。もう終わり。紡、私と一緒に死んでよ。紡を殺して私も――」

この運命線で死ぬのは、私？

暖は私を殺して自分も死のうとしてる。でも双子は「今回の運命線で死ぬのはひとり」と言っていた。私が死んでも、この運命線で暖は生き残るの？

タイムリーパーが強く願わない限り、時は戻らない。私は、今ここで死ぬ？

逡巡は、ほんの数秒だったと思う。

暖は壊れそうになっていて、私を連れて死にたい心理状態で――でも暖がひとり死んでいこうとする一回目の運命線よりも、「今ここ」の方がまだ、うすら明るい。

大団円とは言えなくても、まだここには、暖が生き残る希望があるから。


次の瞬間には、ナイフは私に向かって直進していた。

暖の目には狂気を伴った殺意が湛えられていて、私は逃げることも叫ぶこともできずに立ち竦んでいた。何もかもに現実感がないまま。

ナイフの尖った刃先を自分の身体が呑み込む寸前、スローモーションのようだ、とまるで他人事のように思って――次の瞬間、大きな影が私に覆いかぶさってきた。

柔らかい人体をあっけないほど簡単にナイフが貫く……


「どう……して……お兄ちゃん……」

暖の声が聞こえた。私の目の前は真っ暗で……櫂くんに抱き締められている。

激しく動揺した暖が、ナイフを引き抜いたんだと思う。表現のしようのない嫌なくぐもった音と、鮮血の飛び散る音がした。

何がどうなっているのかわけがわからないまま、私は自分でもコントロール不能な叫び声をあげた。それを宥めるみたいに強く抱き締められて、声が出せなくなった。

いやあああああ、という暖の声と、パタパタという足音が続けて聞こえた。

「耀……くん……」

無言で抱き締められたまま、私は震えていたと思う。耀くんが、私を庇ってくれた？　私を庇って刺されてしまった？　まさか、この運命線で死ぬのは――耀くん？

「いや……やだ……」

放心状態で身体は動かない。涙だけは流れるんだ……と、バカみたいに思う。

「私、また繰り返すから……絶対助けるから……」

そうだ、時を戻すために祈らなくては。私は今、凄い力を持ってるんだって自覚する。全然役に立ってないけど、でもいつかは誰も死なない未来に。

「やめろ」

私を抱き締めたまま、耀くんが落ち着いた声で言った。なんでこの人はこんな時にまで落ち着いているんだろう。

「この運命線を続けてくれ。それが一番いいんだ」

「どうして！」

双子が言っていたことを思い出す――〝この運命線を続けることは、よくないと思う〟

「この運命線を続けるのはよくないんだよ。櫂くんが死んでいいわけがない」

背中に手を回して抱き締めようとしたら、ぬるりとした感触があった。恐ろしさに眩暈がする。大量に出血している。

「双子は櫂くんに〈あなたにはきっとどうすればいいか、わかる〉って言ってたよね⁉ どうすればいいの？ 櫂くんはわかっているんだよね⁇」

乾いた笑いを感じた。抱き締められているから、顔は見えない。

「双子は、暖が自殺する運命線へ行けって言ったんだよ。この一連の事件は暖が犯人だとわかって……暖が殺意を他人に向けずに、自分を殺して終わるのが一番、適当だと」

「……！」

本当に自分はバカだと思う。今更、やっとわかった。

「今回の運命線では、三人は死なず……他の誰か近い人間が死ぬ。双子の言い回しを聞いて、そう感じた。だったら俺たちのどちらかである可能性が高い。だからタイムリーパーは死ぬかと聞いて、反応を見た。紡は死なないと知っているのがわかった。だったら俺だ。

俺を見返した時の双子の目で確信した」

「あの時……自分が死ぬってわかってたの……」

　自分のバカさ加減が嫌になる。今、時を戻す当事者は私なのに、何もわかってなくて、何の対策もなくこの事態に陥ってしまうなんて。

「だから、この運命線を続けろ。俺以外死なない運命線だ」

「イヤだ！」

　反射的に叫ぶと、ぎゅっと強く抱き締められた。こんな絶望的な状況なのに、心臓がバクバクするのがわかった。怖いのか苦しいのか愛しいのか、わからない。

「言うことを聞いてくれ。母親の遺言は〈暖を守ってほしい〉と、それだけだったんだ。暖を死なせたら――無力感で、その後の俺は死んだようなものだよ」

　涙が溢れて胸が苦しくて痛い。燿くんの死なんて見たくない。でもタイムリープする決心もつかない。小さい頃からずっと、燿くんの言うことに逆らったことなんてないんだ。

　どうすればいいのか、何が何だか、全然わからない。

「紡、俺の母親は……夢の中で、おメダイを時計紡に渡せと言ったわけじゃないんだ」

　燿くんがぽつりと言った。

「誰……に渡すつもりだったの？」

「いや、おまえだけど。おメダイを、俺の好きな子に渡せって言われたんだ」

驚きすぎて、腕の中でヨロけそうになる。足が震えて、ガクガクしてきた。

「死ぬ前、形見分けで俺にくれる話の時にも言われていた。あなたが誰かと結婚する時には、お守り代わりにお嫁さんにおメダイをあげてねってさ。その場には暖もいた」

何か言おうとしたけど、言葉にならない。擢くんが私を好き？　本当に？

「母親が暖に渡さなかったのは、たぶん宗教の違いからだ。暖はいずれ、故郷の土地の神様の許へ行く者だと……わかっていたんだと思う」

「か……擢くん……」

「暖は、母親がどれだけそのメダイを大事にしていたのか知ってる。だからおまえがそれを首にかけているのを見てしまい、絶望した。よくあるメダイだけど、鎖の留め金具に母親のイニシャルを彫ってあるから、暖にはわかる」

擢くんがごほっ……と咳き込んだ。不穏なその咳に死の足音を感じて、私は反射的にタイムリープのことを考え、おメダイを握ろうとポケットを探した。

すると擢くんが押し留めるように私の両肩に手を置いて、私の身体をそっと離した。

離れたことで、擢くんの顔が見えた。青ざめているようにも、普段通りに落ち着いているようにも見える。まるで現実感がなくて、気が遠くなりそうだ。

「時を戻すな。このまま……」

　燿くんがヨロけた。私は泣きながら支えようとする。そうだ、立っていられることがおかしいほどの重傷なんだ。燿くんを病院に運んで、ちゃんと生き延びて、そしてこの運命線を続けることだって……

　頭の中が錯綜する。──私、燿くんがいなくなったら生きていけないよ。


「燿くん、燿くん……」

　ボロボロ泣いている私を燿くんがそっと見返した。

　少しかがんで、私の頬の涙を左手で拭って、そのまま顎に手を添えた。

　そしてそのまま──ふわっと、羽毛のように軽くキスした。


「一度しか言わないから聞いてろ」

　何を言ってるのかわかんない。聞きたくない。聞くのが怖い。

　世界の終わりみたいだ。

　──好きな人の遺言なんて。

「愛してる」

そう言うと、耀くんはもう一度私を抱き締めた。

そしてゆっくりと膝(ひざ)から崩れていった。

足元を見ると、夥(おびただ)しい量の血だまりができていて、何もかもが現実とは思えなくて……

そのまま耀くんは、血だまりの上に横たわるように倒れていった。

私は放心したように耀くんの隣に座り込んだ。

あとからあとから溢れる涙を拭いながら、必死で考える。耀くんはたぶんもう助からない。この運命線を続ける以上、耀くんの死は決まってしまってるんだろう。私はどうしたらいい？　つらくてたまらないのに、現実感が全くないんだ。

時を戻したい。戻さなくては、耀くんに二度と会えない。

〝時を戻すな。このまま……〟

でも耀くんの言うことを聞かなかったことなんて、今までなかった。

屋上の扉の方に目をやると、扉の前で暖が倒れているのがわかった。暖は血圧の乱高下が激しく、たまにショックを受けて失神することがあるんだ。中世のお姫様みたいに。

暖が目覚めた時に、どうしたらいいんだろう。大好きなお兄ちゃんを殺してしまったという現実に、暖は耐えられるのだろうか。

〝暖を死なせたら――無力感で、その後の俺は死んだようなものだよ〟

そうかもしれない。でも暖だって、擢くんを殺した先の未来で、幸せになれる筈もない。

「……っ」

暖の身体が揺れた。びくびくと肩を揺らし、起き上がりそうになる。

私は反射的に、ポケットに手を入れておメダイを握った。

行くべき運命線は見つからない。それでも、何度でも私は繰り返す。

擢くんに逆らうことになっても。

擢くんのくれた言葉を、すべて消してしまうことになっても。

お願い、時を戻してください。誰も悲しまない未来へ行き着くために。

――そしてまた、意識が途切れた。

第五章　選べない運命の中で

暖(のん)が来るまでの私は、たぶん少し自惚(うぬぼ)れていたのだと思う。

幼なじみという関係は、とても居心地がよくて甘かった。とても近くにいるけど、家族ではなくて。そしていつか家族になる可能性が、ないとは言えない位置で。

いつも私は櫂(かい)くんと一緒にいたし、二人でいる時の空気は穏やかで、馴染(なじ)んだ温かさがあった。櫂くんが私だけに気を許してくれていた気がした。

櫂くんは周囲に神童扱いされながら同時に、少し厄介(やっかい)で割に合わないポジションを押し付けられていた。そしていつも、ソツのない優等生キャラを演じていた。

でも私に対してだけは、気を許してくれていた気がした。櫂くんは私には感情的になったり、バカにしたりもして。それでもいつも助けてくれて、等身大の男の子だった。

自惚れていた。私を特別な存在だと思ってくれているように感じていたんだ。

　燿くんの理解者は……そして一番近い存在は私だって、思い込んでいた。

　中学校の入学式の日までは。

　とびきり可愛(かわい)くて優しくて、誰よりも近くにいる「妹」ポジションで、それでいて結婚できる間柄なんて。いきなり飛び込んできた最強ヒロインだ。

「紡(つむぎ)、大好き」

　無邪気で純粋で、愛の塊(かたまり)みたいで。いつでも暖は、笑顔で私に駆け寄って抱きついてきた。暖のおかげで、私の世界も暖かくなったんだ。

「紡のことは、私が守ってあげるからね」

　それは暖の口癖で。最初に会った時、「世界を守る」と言っていた少女は、自分の愛する者を自分の手で守らなければいけないと思っているみたいだった。

　こんなか細い少女が、どうやって私を守るんだろう。暖を守るのは私だ。そう思いながらも、そのまっすぐで純粋な思いが、嬉(うれ)しかったんだ。

　暖が来たと同時に、燿くんと私の間にあった特別な空気感は、消えた。

　そんなものがそれまであったなんて、信じられなくなるくらいにキレイさっぱりと。

耀くんは、私に対してそうだったよりずっと、暖に濃密な親しみをこめて接するようになった――――ように見えた。

今まで「特別」と信じていた私の思い込みは、子供らしい幻想だったのだと。

私はその時、恥じたんだと思う。

その時の感情が思い出せない。たぶん深く恥じて、ツラくて、最初からそんな思い込みはなかったことにしてしまった。耀くんを好きなことは変えられなくても、心のどこかで期待してしまっていたことは、なかったことにできる気がした。最初から、夢など見ていなかったことにしてしまった。

耀くんには、暖の危うさが見えていたのかもしれない。

暖は耀くんがいるから東京にやってきた。耀くんがいないと生きていけないと繰り返し言っていた。だから耀くんは、暖がいる前で決して他の女の子に特別な親しみを見せないように振る舞っていたかもしれない。

〝愛してる〟

嬉しかった。死んでもいいって思えるくらい、嬉しかった。

でもあの告白は、死ぬからこそ、そして暖が生き残る運命線だからこそ言えたんだ。

暖が死なないためなら、耀くんはきっと、一生だって心に閉じ込めたと思う。

言葉はもう、消えてしまった。消してしまった。

選べない運命線。選べない未来。

もしかしたら、私は永遠に六月二日を彷徨(さまよ)うんだろうか――

長い夢を見ていた気がした。

泣きながら目覚めた。

目覚まし時計の電子音が鳴り続けていることに気づく。向かうべき運命線が見つからないまま、私はまた六月二日の朝に戻ってきた。

スマホを握る。必ず来るメッセージを待つために。

『今、出られる？』

涙が出そうになる。燿くんが生きている。

階段脇の空間にいる背の高いシルエットに駆け寄ると、燿くんが振り返って目が合い、カーッとなってしまう。好きなんだ。ずっと幼い頃から、櫂くんだけを見てきた。

もし櫂くんも私を好きでいてくれたなら、私はもうそれだけでいいよ。

「やる。おメダイ」

「ありがとう。大事にする」

おメダイを私の掌の上に置いても何も聞き返さない私に、櫂くんは不思議そうな顔をした。でももう櫂くんには相談できない。誤魔化す気力も、今の私にはない。

「メダイはメダルって意味で……」

「うん、わかってる。お守りみたいなものだよね?」

拍子抜けしたような表情で、櫂くんが私を見た。

「しばらく身に着けてるね。ポケットに入れておく。ありがとう」

「よし。ずっと持ってろよ」

「試合頑張ってね。応援してる」

櫂くんが口元だけ笑みを浮かべて私の頭をポンポンと叩いてから、エレベーターに向かって歩き出す。

「紡」

振り返らないまま、名前を呼ばれる。一番最初の朝から、何度もこの場面を繰り返した筈なのに、不意に涙がこみ上げてきた。死なせたくない人。大好きな人。自分の命と引き換えにしても守ってくれた人。死んでもいいから守りたい人。

「……いや、何でもない」

背を向けたままそう言って、すぐ耀くんはエレベーターに乗り込んで。

そして私に振り返り……すぐ扉は閉まった。

笑顔を作ったつもりだったけど、前がぼやけて耀くんの表情は見えなかった。

耐えられず両手で口元を覆う。しばらく私は、閉まった扉を見つめながら泣いていた。

今の運命線は、このままだと三人が死ぬ。今、すごく不安定になっている暖が、帆南に殺意を持ち、庇おうとした誉くんも巻き込んで二人を殺し、自殺する運命線。

暖におメダイを見せてしまうと、暖がひとりで自殺を図る運命線へ分岐する。

耀くんに助けを求め試合を休んでもらうと、暖は耀くんが私と一緒にいることを見つけ出し、私を殺して自分も死のうとする前回の運命線へ分岐する。しかしその運命線は、私ではなく、私を庇った耀くんが死んでしまう。

目の前に三本の運命線があり、タイムリーパーはどの運命線に進むことも許されているんだ。でもどの運命線も悲劇に向かってしまう――。

たぶん暖は今、心に大きな殺意を抱えているんだと思う。どうすれば殺意を消せるんだろう？

私が思いつくのは、今の運命線のうちに「帆南は櫂くんを奪うつもりがないと暖に信じさせ、帆南への殺意を消す」……ことくらいだ。

帆南は櫂くんを好きなんだろう。でも、強引に暖から奪おうとしているわけじゃないと思うんだ。それを帆南が暖に説明し、暖がそれを信じれば殺意は消える筈。三人の命を救うためなら、きっと帆南は暖の説得に協力してくれると思う。

暖が絶望して自殺へ向かう時よりも、誤解して帆南に殺意を向けている時の方が、まだ殺意を消せそうに思える。でもどうしても不安が湧き上がってくる。櫂くんは時の繰り返しの中で、暖の殺意を消そうと試みた筈だ。なのにどうしても消せなくて、運命線を分岐できなかったんだと思うから。

櫂くんを殺してしまった運命線だけ、暖は生き残る。たぶん事情を把握した私が「命と引き換えに暖の生存を願った櫂くんの思いを無駄にするのか」と必死で暖を説得するんだ。それで暖は逆に、死ねなくなるんだろう。

暖の殺意は暴走する機関車みたいなものだ――――消すにはどうしたらいいんだろう。手詰まりなのだと思いたくない。どこかに突破口があると思いたい。でも、櫂くんには相談できない。燿くんが私を庇って死んでしまうなんて、もう耐えられない。

　とにかく暖の能力について、もっと知らなくては。私は朝食を食べずに、部屋にこもってノートパソコンを開いた。私は暖の能力についてあまりにも無知だ。燿くんのくれたキーワードをやみくもに検索キーに放り込んでみる。

　霊能力、錨等と次々入れて検索すると、ブログコメントの文章が引っかかった。

『錨さんはもう引退なさっているらしいです。あれほどまでの強い能力を持つ方は、今の村には残っていないかもしれません』

　リンク先に行ってもコメントは既に消えていたが、そこをきっかけにある村が見つかった。東京からかなり離れた山奥の小さな村。人口は少ないが地域的にはそれなりの広さがあり、パワースポットとされている場所が点在している。村には霊能力を継ぐと言われている家が十数軒存在する、と説明されていた。

　女性にしか発現しないその霊能力は、主に未来視。未来視の方法については秘伝とされていて謎が多い。能力発現の時期は様々だが、多くは十代後半。能力発現期には低級霊による憑依現象が起き、病的な異常行動を起こしやすい。最悪の場合は、自殺。数年の時間をかけて、修行を積み、天命を受け容れてゆくと能力は落ち着き、神の御声を聞き人々に伝える連絡役(シャーマン)となる。ほぼ、櫂くんが言っていた通りだ。

読んでいて、ある記述に目が留まった。

「但(ただ)し神の守護により、自(みずか)らを傷つけはしても決して他者を傷つけることはない――」

思わず読み上げてしまう。他者を傷つけない？

櫂くんが刺された時の、世界がぐらつくような感覚を思い出す。倒れていた帆南は深々と刺されてしまっていた。暖の殺意は自分だけじゃない、他者にも向いてしまっている。

神様の守護が届いていない。この運命線は何か間違ってしまっているの？

間違っているとか、間違ってないとか、誰が決めるのか、誰かが決めていいものなのか、私にはわからないけれど。


私はノートパソコンを閉じると、慌てて着替えて、十分早く家を出た。

四回目で櫂くんが死ぬ運命線へ分岐してしまった理由は、私と櫂くんが一緒にいるところを暖に目撃されたからだと思う。私が櫂くんと一緒にいなければ、分岐しない筈。

私は動揺しすぎている。暖と顔を合わさない方がいい。

早めに学校へ行って、帆南を捉(つか)まえて色々なことを打ち明けて、策を練ろう。

高校の最寄り駅に着いた。地下鉄から吐き出された人波に流されてエスカレーターに乗る。地下六階から、夥しい数の人々が一斉に地上へ向かうんだ。

その瞬間、世界のダイナミズムが、鼓動が、足元から響いてくるように感じた。

私は今、世界を繰り返している。でも世界を変えられるのは私だけじゃない。

この世界には無数の人がいて、ひとりひとりの心の動きが、選択が、運命線を分岐させて世界を変え続けているんだ。


「君は、今回が初めてじゃないね？」


びくっとする。エスカレーターで私の一段下に立っている人に、話しかけられたようだ。

「……あの」

ベルトに摑まる手がこわばる。背の高い男性が一段下に立つと、ちょうど耳元で囁かれるような位置関係になるんだ。

「気にしなくていいよ。僕はただの、そうだね、君の仲間だ。君と同じようにかつて、世界を繰り返した」

私の……仲間？　かつて世界を繰り返した？　この人もタイムリーパーだったの？

いくつくらいの年齢の人なんだろう。声を聞く限りは、父より年上と感じる。

振り向きたい、でも消えてしまうような気がして振り向けない。

「く、繰り返して……そしてどうしたんですか。望んだ未来へ行けたんですか」

孤独で潰（つぶ）れそうだった私は、不思議すぎる状況でもすがりつきたかったんだ。

「そうだね。行けたのかどうか。たぶん行けたんだろう。どうにも変えられない事象に苦しんだが、変えるべきものを変えることはできたのだと、時が過ぎて悟ったよ。君はニーバーの祈りを知っているかな？」

「……知らない、です」

沈黙が訪れた。この人がタイムリーパーだったなら、双子の言っていたことと矛盾（むじゅん）する。

「あの、あなたはどうして憶（おぼ）えているんですか」

「どうして憶えているか、と？　何を？」

「記憶は残せないって、双子（コネクター）に聞いた……」

言葉が浮いていて、現実感がない。私は必死だった。タイムリーパーはタイムリープをやめると、記憶を維持できない筈なんだ。この人は誰？　人を超越した存在？

物語にした……？

「物語にしたんだ」

「現実は過去になれば消える。残るのは記憶だけだ。タイムリーパーは記憶は残せないが、紡いだ物語は残る。過去は物語だよ。そうは思わないか？」

「よく……わから、ないです……あなたの言ってること、よくわからない……どうして私がタイムリーパーだってわかったの？　あなたは……神？」

　これは夢？　夢の中の夢？　そもそもタイムリープを繰り返す私の現実（リアル）は現実（リアル）なの？

「僕は神ではないよ。どうして君がタイムリーパーとわかったのか。その答えは、僕が死にかかっているから」

　返す言葉が見つからず、黙り込む。死にかかっている……？

「死の先の世界は、見えないものが見えるらしいと、僕は死にはじめて知ったよ。生と死はくっきり分かれていると思うかい？　生の中に死が、死の中に生が含まれているとは思わないか？」

「言ってることが、よく……わからない……ごめんなさい……」

「僕は物語のページをめくることもないまま、長くタイムリープ後の世界を生きた。しかしこの度、死にはじめてね。君のような、かつての僕が見えるようになったんだ。そして生の世界に、何か痕跡（こんせき）を遺（のこ）したいという欲望に身を任せている。よく言えば、迷える君を助けたい」

「私を……助けてくれるの？」

今、私はどんな助けでもすがりたい気持ちになっている。今の運命線を、どうすれば誰も死なない未来へ分岐させられるのか、わからないんだ。

「運命線の分岐のさせ方は、教えられないよ。自分の運命は自分にしか切り開けない」

失望が頭をガンと打った気がした。涙が滲んでくる。

私は限界だった。どうにもできない迷路の中で、孤独で潰れそうだったんだ。

「でも、これだけはわかる。かつて僕がそうであったように……」

言葉が途切れた。エスカレーターの終わりが目の前に迫るのが見え、私はどうしたらいいのかわからなくなった。前がぼやける。後ろにも振り向けない。


「君は、神を見るだろう」


ふわっと風が起こる。ベルトコンベアーから押し出されるように私はエスカレーターを吐き出された。秩序だって一列に連なっていた人たちが順々に散ってゆく。

私は目が覚めたようにハッとして振り返った。今の人は誰だったの？

そこには秩序とも無秩序ともつかぬ都会の人波が溢れかえっている。制服でスクバを持つ中高生、会社員風のスーツ女性、並んで歩きながら同僚と会話する風の中年男性、イヤホンを付けスマホをいじり続けるジーンズにパーカーの学生風二十代……

　わからない。誰だったのか。目に入る人波の中に、さっきの人とおぼしき人は見当たらない。消えてしまった。人波に逆らうように振り向いている私を、邪魔そうに人々が避けてゆく。私はしばらくぶつかられるままに、どうしようもなく立ち尽くしていた。

　自分の運命は自分にしか切り開けない――

　こぶしを握る。そして、きびすを返して学校へと走り出した。

　絶対に何とかしてみせる。そのためなら諦めずに繰り返すんだ。何度でも。

　学校に着くと、まず教室に行って暖がいないことを確認し、帆南のクラスへ急いだ。階段に向かう帆南をつかまえよう。帆南の行動だけしか変えたくないから。A組は南階段に近いので、私は階段横の壁際でそっと待った。それにしても、どうして帆南は階段へ行くのかな？　どこへ行くのが目的なんだろう。

　じっと様子を窺（うかが）っていると、帆南が眠そうに教室へ入っていくのに気づいた。私と階段で会う時間から逆算すると、七時四十二分くらいまでには出てくる筈。そこで声をかけよう。

　じりじり待つうち、七時四十四分になった。焦りが広がる。これでは二回目三回目の時と違う。同じでなきゃいけないのに。どうして？　私の記憶違い？

　四十五分に決心して、帆南の出てこないA組の引き戸をガラッと開ける。帆南が窓際の席につき、前席の誰かと話しているのが見えた。

「あれ？　紡じゃーん、なんか用？」

「帆南、あの……階段へ行かないの？」

「階段？　職員室へ行こうとは思ってたんだけどね。天文部の観測のために、屋上の鍵預かっとかなきゃいけないからさー。でもま、休み時間でいっか。三～四時間目あたりの」

　前の席に後ろ向きで座っていた葉月（はづき）が、数学のノートを持って立ち上がった。

「じゃ、借りてくね。写したら絶対返すから！」

「うん、二時間目始まる前に返してくれればいいから」

　二回目と三回目では、葉月が階段のところで帆南を捕まえた筈だ。あの時、私と話したり葉月に捕まったりしているうちに時間がなくなり、結局帆南は職員室へは行かずに、教室に戻ったんだろう。そして休み時間に再び鍵を取りに行くんだ。

　でも今、帆南は教室で既に葉月に捕まって、職員室へ向かうこと自体を諦めてしまった。これは、私の関与とは関係ない筈。運命線が――――分岐した？

「さてと。ちょっと眠いから十分くらい寝ようかなあ」

「電源切らないで！」

帆南がスマホの電源に手をかけるのを見て、つい大声が出てしまった。

もしかしたら……もしかしたら、この運命線は、もう三人が死ぬ運命線ではなくて……

「え～どして？　消し忘れると数学の田部(たべ)ちゃんが怖いんだよ。あれ、紡……」

「ごめん、お願い。ちょっと確かめたいことがあるの」

私は帆南の腕を引っ張って、教室から連れ出して階段を上り、六階の生徒会室前に向かった。私の深刻そうな様子が伝わったのか、帆南はスマホを持ったままついてきてくれた。

「ちょっと待っていて。帆南にこれから大事なメッセージが来るかもしれない」

運命線が分岐したんだ。運命線は、分岐すると「やり直し」が起こり、いろんなことが少しずつズレてゆく。でも新運命線に分岐したなら、双子が来てくれる筈だ。

ここは、帆南が階段へは行かない運命線。そしてさっきのタイミングで帆南がスマホの電源を切ってしまう運命線なんだ。でもスマホの電源を切らないと――

私は思い出していた。あの時、暖が先に教室に行った。私が教室に着いてふと気づくと、既に暖はメッセージを送り終え返信を待っていた。送信先が帆南なら、届くのは今だ。

――その時、帆南のスマホでメッセージの着信音が鳴った。

「暖からのメッセージが来たんだと思う。内容も……見当がつく」

どうしてこうなったのか、わからない。

「今、暖からメッセージが来るのを紡は知ってたわけ？　あんたたち、何かあった？」

どこで運命線が分岐したのか、全く見当もつかない。

でも、ここは……一回目と同じだ。暖の自殺する運命線。


帆南が困り果てた顔で、私に示したスマホ画面には、

『お兄ちゃんの好きな人って紡なの？』

――そんなメッセージが送られてきていた。


どこへ行ったらいいのか、わからない。

うちの学校は、どこもかしこも開放的だ。生徒が入れる部屋はどこも小窓が付いていて、外から覗ける。だったら旧新聞部室より慣れた生徒会室の方がいいのかもしれない。

「ねえ、授業に出ないってこと？　なんかワケわかんないよ……」

「ごめん、すべて終わったら、原宿でリコッタパンケーキと九州ラーメンとブリュレクレープのハシゴしてもいい。貯金下ろして奢る。どれも食べたがってたでしょ」

「何その糖質全開煩悩メニュー。そんなに食べるの無理だし、太るよ」

「ステーキでもいいよ。オージービーフでよければポンド（四五三・五九グラム）で」

私は生徒会室のドアを勢いよく開けて中にずかずか入ると、奥にある無駄に重くて角がとがった例の木箱を探し出した。蓋付きのオサレなワインボトルのケースだ。

こんなもののせいで人が死ぬなんて本当に腹が立つよ。周囲を見回し掃除用具入れに目を付け、中のホウキやモップが邪魔だったので外へ放り出し、木箱を中に放り込んでぎゅうぎゅう扉を閉める。ほっとした。

「紡……やってることがめちゃめちゃで怖いんですけど」

「ごめん、私ちょっと情緒不安定かも。大事な人たちが死ぬのってホントにストレスで」

「えっ……誰か亡くなったの⁉」

君だよ、君だけじゃないけど。と心の中で思いながら、私は額に手を当てた。

「ヤケになってる場合じゃないよね――ちゃんと説明する。ついてきてくれてありがとう。私ね、六月二日を繰り返しているんだ」

そう言ってまっすぐ目を見ると、帆南が呆気に取られた顔をして、それから笑い出した。

「まーたまた。もっとドラマティックに言わなきゃ。『帆南、あたし五時間後の未来からタイムリープしてきたの』とかさー」

このセリフ、どこかで聞いたような気が。誉くんと帆南って、私の知らないところでタイムリープごっこして遊んでるのかな。気が合ってるじゃないか……。

「ごめん、ドラマティックに言う余裕もないや。暖と誉くんと帆南と櫂くんが次々に死んでね。もう今回で五度目なの。みんなが死ぬのを止められなくて」

帆南が息を呑むのがわかった。

たっぷり三十秒ほど時間を置いてから、帆南が「どっひゃあああ!!」と叫び声をあげた。

「マジ？　あんたマジで時間巻き戻したの？　じゃ、あんたが未来の紡ってこと!?　今、世界にもうひとり紡がいて、行き会っちゃったらタイムパラドックスだかなんだかであんたが消滅しちゃうとか!?　どっひゃひゃひゃひゃあああ!!」

「ち、違うよ、違う。タイムマシンに乗ってきたんじゃなくて、未来の記憶だけ持って過去に戻ってきたの。未来で周りの人が死んじゃうたびに、何度も何度も朝に戻って今日をやり直してるの」

「お、おう……つまりタイムリープを繰り返してるってこと？　なんか未来で大変なことが起こるんだね？　私も死んじゃうんだ……紡はそれを止めに来たんだ……すっげー!!

マジ？　ホントにマジ？　紡がタイムリーパーですとぉ？　どっひゃあああ」

帆南がガクガクと私の肩を揺さぶった。手を離すと頭をかきむしって「どっひゃひゃひゃひゃあああ」とか言いながら生徒会室の奥の空間をぐるぐる回っている。

もっと時間がかかると思ったんだけど、案外信じてくれそうな感じ。私ってすぐ顔に出るから悲嘆がわかりやすいみたいだ。私はほうっとため息をつくと帆南をまっすぐ見た。

「信じてくれてありがと。まず、聞きたいの。帆南は――櫂くんが好きなんだよね？」

帆南が自分の髪を摑んだポーズのまま、ぴたっと立ち止まった。

呆然とした顔でゆっくり私に振り返ってから、帆南は頭に置いた手を離し、指でL字を作って顎に当て、目線を下げた。

「何故そんな、最も競争の熾烈な戦場に赴き流れ弾に当たりまくるようなことをオレが望むと思われたのか……」

「は？　あの……帆南？」

「そもそも人には好みのタイプというものがあり、私ゃ紡と違って男は可愛げ！　とにかく可愛げ！　というポリシーを貫いてきたと自負してるのだが、心友と思ってきた紡であろうとも私の高尚（こうしょう）な男の趣味についてご理解いただけてないという……あああめんどくせえ！」

　帆南がまた頭をかきむしり、パイプ椅子（いす）を蹴った。見事に倒れる。

「あの、ごめん……私、間違ってた……？」

「間違うも何も‼　櫂くん好きなのはあんたでしょーが！　なんで私があんな固ゆで卵（ハードボイルド）でつるっつる摑みどころなさすぎるくせに、無駄におモテになりまくる生徒会長様を好きにならなきゃいかんのかね？　ぅあああああめんどくせえ‼」

　激烈な反応だ。私は涙目になりつつ、ペコペコ頭を下げた。

「……ホントごめん。大変申し訳なかった。なんでそう思い込んじゃったんだろ……」

　帆南は難しい顔をしたまま、蹴った椅子を起こして座り、腕を組んだ。

「そっか。きっとノンノンがなんか言ってたんだね。最近彼女、ちょっと私を見る目つきが鋭かったけどさ、私が櫂くんを好きと思い込んでたわけか。まー私ってカプ厨（カップル厨）ではないつもりだけど、お互い好きなのにくっつかないでウダウダしてる奴（やつ）ら見てるとイライラしてイライラして、ぅあああああ！　って頭かきむしっちゃうタイプだからー」

「……それってあの」

「そうだよ、あんたらどう見てもお互い好きっしょ？　私一応副会長様だから、会長様といる時間も長いし紡はわかりやすいし、もーバレバレですってば。もうずーっと私、イライライライライライライライラしててさあ……生徒会長にも最近言ったのよ、ノンノンは妹なんだから、ちゃんと距離置かないと誤解されるよ？　とかさ。血が繋がってないのか知らんけど、血が繋がってない女全員と結婚するわけなかろ？　結局いつかお振りになるなら今のうちに妹とは距離置いて紡と付き合っちゃう方がよろしんでねーの？　期待させる方が残酷ってもんでねーの？　でもノンノン傷ついちゃう？　私鬼畜？」

帆南が頭を抱えぶるぶる振る。一応本気で苦悩してくれているのが私にはよくわかった。

〝妹に気を遣うことないでしょ。妹は妹なんだから〟

暖が聞いてしまったのは、私と櫂くんを付き合わせようと説得していた言葉だったんだ。

「じゃあ、帆南……暖のメッセージ、あなただったらどう返事したと思う？」

今、帆南に届いたメッセージは、一回目に帆南に届いたメッセージときっと同じだ。

〝お兄ちゃんの好きな人って紡なの？〟

帆南が頭を抱えていた手を外して、ゆっくり私を見た。

「私は未来に、もう返事をしたんだ？」

私が黙って頷くと、帆南はぶるっと震えたように見えた。頭がいいこの子は、たぶんもういろんなことを推測できつつあるんだ。

「たぶん……」

帆南は視線を落とした。

「ノンノンやっとわかったのか！　やればできる子エライ！　って思って……『燿くんはずっと前から紡が好きだと思うよ』とかストレートに返事しちゃったと思う……」


〝私のせいだよぉ!!　私が……私のせいで暖が……〟

暖が飛び降りた後、屋上で帆南が泣いていた理由がわかった。燿くんは私のことが好きだと不用意に伝えてしまったせいで、暖が死を選んでしまったのだと思ったんだ。

帆南は、燿くんが暖に期待させるのは残酷だと思っていた。燿くんを説得し私を励まそうとしていた。帆南はいつも、とても正しくて優しい。三人も死ぬ運命線に分岐してしまったのは、暖がたまたま不安定で危険な時期だったからにすぎない。

誰も悪くない。なんとか未来を変えなくては。どうすれば運命線は分岐できるの？

私は無断欠席状態だが、帆南は葉月に連絡して、保健室へ行くと先生に伝えてもらった。

帆南に届いた暖からのメッセージには、とりあえず返信をしないでもらった。

そして私は、消してしまった未来について順を追って帆南に話した。

前回の運命線で、櫂くんはできる限り事情を言い残してくれたんだと思う。私は今、運命線についても錨家の事情についても、かなり深いところまで把握している筈だ。

〝今はおまえだけが、ある絶望的な一日を複数の視点で観るチャンスを得ている〟

結局のところタイムリーパーは、ひとつずつ経験を記憶し蓄積できるだけだ。

私の記憶だけが頼りだ。忘れてはいけない。そして諦めてはいけない。

「……ちょっと、今すげーこんがらがってる。橘まゆが双子？　そもそもあの子ってどこのクラスだったっけ。C組あたり？　なんか教室にいる姿が思い出せない……」

一通り話を聞いた後、最初に帆南が口にしたのは双子のことだった。

「どこにもいないのかもしれない」

〝私たちは存在して存在しないような、狭間の存在だから〟

「つまり暖の殺意が、今の運命線では自分に向いちゃってるわけか」

ぽつりと言って私を見る。ふざけたポーズは帆南の社交上の戦略であり武装であり……本来帆南は、とことん真面目で優秀な生徒会副会長なんだ。

「ノンノンって現実味のない子っていうか、おとなしいのに過剰なキャラでしょ。目立った能力はないけど存在自体がチートってゆーか。うまく言えないけど」

帆南が暖を語ると二次元キャラを語っているみたいだけど、とても鋭い。

私は俯いて、はぁとため息をついた。

「確かに暖は、おとなしいのになんか目立つよね。可愛いだけじゃなくて、びっくりするほど魅力的でさ。たぶん特別な能力は既にあって、オーラみたいに滲み出ていたんだと思うの。その能力って、発現し始めは大変なんだって。ものすごく不安定になって、人が変わったみたいに暴れたり……自殺しちゃう人も少なくないらしくて」

帆南も腕を組んでため息をつく。

「大変だね。ノンノンを見てても、全然ふつーに見えてたけど……」

「能力発現がいきなりってことも多いらしいんだ。でもね、能力の発現の過程で人を殺したりなんか、絶対しない筈で……他人に危害を加えたりしないよう、本当は神様が守ってくれる筈なんだけどなあ」

〝神の守護により、自らを傷つけはしても決して他者を傷つけることはない――〟

私は力なく項垂れた。どうしてこんなことになってしまったのか。

「今、守ってるじゃん。紡が神の御使いになって、暖やみんなを守ってる」

帆南の言葉にびっくりして顔を上げる。帆南は笑って続けた。

「消えちゃった未来は消えちゃった未来。私生きてるし、暖も燿くんもほむほむも生きてるよ。これから、死なない未来を探すんでしょ？」

「う……うん」

「がんばろっ」

両手をぐーにして帆南が笑い、私は長い緊張が少しだけほどけた気がした。

燿くんは、とことん現実的だった。暖を含めた三人が死ぬ選択と、暖ひとりだけが死ぬ選択。時を繰り返してもそれ以外の選択肢は見つからなかった。そこに自分が死ぬ選択肢が現れて、迷わず選んだ。まだない想像上の希望に期待したりはしなかったと言える。

帆南は、愛と勇気と友情でいつか全員が救われる希望を信じているように見える。

〝タイムリープを繰り返しても、誰も死なない未来に分岐させるのはきっと、難しい……〟

双子の言葉がズキリと胸を刺す。帆南はタイムリープを繰り返したわけでもないから、分岐の困難さの実感がないのかもしれない。でも今の私には、帆南の語る希望が救いだ。

「紡の言うところの二回目については、わかる気がする。ほむほむが私のこと好きってのは、ほんとかねって感じだけどさ」

今までの全部の流れを説明するにあたってどうしても必要だったので、誉くんの気持ちは帆南に伝えさせてもらった……ごめん、誉くん。と心の中で手を合わせる。

「ほむほむって某ヒーローみたいな愛と勇気だけが友達の奴だから、仲間の危険は俺が止めてやるぜ！　とか無茶しやがったのかもしれない」

しみじみ頷いている。帆南が語る誉くんは、帆南自身と似ている気がするなあ。

「三回目もわかるんだ。暖が私を呼び出して、暖が鍵奪ってから屋上に行って？　私、『お兄ちゃんを奪おうとしているのねえええ！』とか暖に責められちゃうんでしょ？　その時は私、暖が不安定だなんて知らないわけだしさ、つい言い返して喧嘩みたいになっちゃったかも。そんでテンパった暖がぐさーって感じ？　そんでほむほむ巻き込んでダイブ」

帆南は想像してしまったのか、ちょっと痛そうにお腹を押さえた。

「私が自分から〈燿くんは紡が好き〉ってぶちまけはしないと思う。でも私が燿くんを狙ってると思い込まれてヒスられたら〈妹としか思われてないから諦めなよ〉とは言っちゃうなあきっと。ノンノンはいーかげん兄ちゃんを諦めた方がいいってずっと思ってたからさあ。大体あの兄妹、似たもの同士だと思わん？　凸と凹っていうか、両方キャラ強すぎてバランス悪いっていうか」

「……そ、そうかな」

そういう風に考えたことはなかった。燿くんくらい突出した人には暖くらいとびきり可愛くて目立つ子じゃないと相応しくない、とか単純に考えてしまってた気がする。

「燿くんには、紡くらいいうっすーいキャラの子がちょうどいいんだって。ね。これ褒めてるんだからね？」

「あ……ありがと」

褒められてる気はしないけど、自分のキャラが薄くて存在感が足りないことはよおくわかっているので、全然傷つきもしなかった。

「紡、もっと怒んなよ。燿くんは紡が好きなんだし、ノンノンは燿くんにとって妹なんだから、あんたもっと怒るべき」

帆南の言葉が外国語みたいで、どうにもうまく頭に入ってこない。

〝愛してる〟

あの時言われた燿くんの言葉が、本当だった気がしない。消した未来と一緒に、現実感まで消えてしまったみたいだ。

〝暖を死なせたら————無力感で、その後の俺は死んだようなものだよ〟

燿くんは、自分の命と引き換えにしてでも、暖を守りたかった。いつだって暖を一番に考えていたと思う。妹としてだとしても、暖のことが大切で大切で、心底愛しているんだ。

暖と櫂くんは両親の離婚で引き離されただけだ。私は、妹のポジションにいただけ。私の場所は、本当は暖の場所だった。

〝紡、大好き〟〝紡を守るのは私なんだから！〟

「暖に怒ったりできないよ……暖は超絶可愛くて、特別なんだもん……」

私はBくんみたいなものかもしれない、と思い始めていた。Aさんが、赤い糸の相手であるCくんと出会う前に、一時期付き合っただけのBくんだ。

櫂くんは、妹のように近くにいた私を、好きになってくれた。でも暖と引き離されなかったら、きっと櫂くんが好きになったのは暖なんだ。

櫂くんの赤い糸の相手だって暖なのではないか――

その時の私は、とにかく自信がなかった。誰よりも美しい女の子の、まっすぐな愛情に勝てるものを、私が持っているなんて思えなかった。

いや、後から思えば、その時の私は恋から――自分を取り巻くすべての事象から、逃げたかったのだと思う。仲間を救いたいのに救えなくて、無力な自分が不甲斐(ふがい)なくて、人の生死を背負うことが重すぎて潰れそうになっていた。

〝愛してる〟

　あの告白は、燿くんが死んで暖が生き残る運命線だからこそ言ってくれたんだ。

　燿くんは私を好きになってくれたのかもしれないけど、きっといずれ離れてゆく。初恋は叶わないものだって言うでしょう？　燿くんはいつか暖と――

「暖に、『燿くんは紡のことが好きじゃない』って返信してほしいの」

　私は決心して帆南に言った。もう暖が自殺する運命線に分岐してしまっている。さらに分岐させるには、何か新たなことをするしかない。

「……それ、違う。燿くんは紡が好きでしょ」

「だって燿くんは、誰よりも暖が大事なんだもん。それを恋愛感情と分けるのは変だよ。時間が経てば二人はきっと……」

　そう、ずっと考えていたんだ。どうすれば暖の心が変わるのか。

「紡、ちょっとそれ、おかしいって！」

　強い調子で叫ばれて、私はぼんやり帆南の方を見た。

「紡が何と言おうと、私は『燿くんは紡を好きじゃない』ってメッセージ送るのは反対だな。だってそれは嘘だもん。暖って、人の心が読めるようになり始めてるんだよね？」

……そうだった。私は長机に突っ伏しながら、泣きそうな気持ちになった。

「紡の気持ちが変わったら、運命線が分岐するかな……？」

帆南がぽつりと呟いて、私は顔を上げた。

「暖の気持ちが変わりそうもないなら、紡の気持ちが変わればいいのかなって。だってこのままじゃ手詰まりで、どうしても暖が死んじゃうじゃん？　紡が櫂くんを嫌いになることができれば、運命線も……いや、そんなのできるわけないか。忘れて」

「そっか……」

私の心の変化で、運命線を分岐させることができるかもしれないんだ。

櫂くんは自分自身の心を変えられなくて、運命線を分岐できなかった。でも私の恋が消えれば、暖は希望を持つ。そして暖の殺意が消えて……

「紡、無駄だって。ちっちゃい頃からずうううっと好きだったんでしょ？　いきなり嫌いになるなんて無理だよ。ごめん、変なこと言った」

嫌いになることはできなくても……恋を消すことはできるのではないか？

私は櫂くんの気持ちを踏みにじって、櫂くんが死ぬ運命線を夢にしてしまったんだ。絶対に暖を死なせるわけにはいかない。どんなことをしてでも、この運命線を分岐させないと――

「……もうすぐ三時間目が終わるけど、四時間目になったらほむほむが来ちゃうね」

帆南の声にハッとする。私は頼りない対策と自覚しつつ、方針をまとめてみた。

「誉くんが来たら、簡単に説明して協力してもらう。昼休みになって暖が来たら……付き纏って死なせないようにしながら、なんとか暖の心を変えられるよう探るよ」

もう誰も死んでほしくない。この運命線のうちに、なんとか分岐させなければ。

その時、どうして先が読めなかったんだろうと、後から振り返ると呆れてしまう。

同じ運命線でも、同じ経過を辿るとは限らない。二回目と三回目は同じ運命線でありながら、タイムリーパーのちょっとした関与で経過に大きな違いが生まれていた。

そのことを、私は忘れてしまっていたらしい。

そう、五回目の運命線は一回目と同じ運命線でありながら、大きく違っていたんだ。

――不意にスマホの着信音が鳴った。暖だ。

霊能力など持たないごく普通の人間でも、第六感(シックスセンス)は備わっていると言われている。悪い知らせは、開ける前に何故かわかってしまう時があるんだ。

その予感は強く、スマホを取り出す手が自分でもわかるくらいに震えてしまっていた。

『屋上に来て　帆南ちゃんには言わないで』

ごくり、と息を呑んだ。帆南が取りに行かなかった鍵を、暖が持ってる？

そして暖は、今私と帆南が一緒にいることを知ってる……？

帆南に内容を隠さなければいけないという切迫感を感じる。震える手でスマホをポケットに戻そうとした時、また着信音が鳴って隠すべき理由が提示された。

『言ったら死ぬから』

「なんか今、着信あった？　もしかして暖？」

「いや、まさか。なんか広告みたいのが来た。迷惑だよねー」

必死で誤魔化すが、声が震えそうになる。

「それならよかった。私、暖にはまだ返信もしてないしね。暖が来るのは昼休みでしょ？　それまでは何も起こらないよね」

帆南は納得してくれたようだ。私だって、最初の日と同じ経過を辿ると信じ切っていたんだ。でも、そもそも分岐点が違えば経過だって色々違ってくるだろう。タイムリーパーである私も、最初の日と行動を大きく変えている。

この運命線で起こるとわかっているのは、暖が死ぬということだけ――

「帆南っ！　あの、私……ちょっと行かなきゃ。教室に忘れ物しちゃったの。教室に近いラウンジで待ってて、休み時間になったら飛び込んで目立たないように取って来ようかと」

「……でも、紡ってE組でしょ。暖に見つかったらまずいんじゃないの」

もっともだ。本当に私って、気の利いた嘘も思い浮かばないなんて。

「あ、そうだったね。ちょっと酷い頭痛がしてさ。頭痛薬を教室のロッカーに入れてるの。生理痛と兼用で便利だよ。じゃあえーと、保健室行って薬もらうわ」

「保健室って薬はくれないし、薬は依存すると毒だよー。でもま、しょうがないよね。頭痛薬ならうちのクラスの葉月が持ってる筈。あの子何でも持ってるのよ。休み時間にもらってきたら？　私が欲しがってるって言っていいよ、貸しはたくさんあるから」

帆南が疑うことなく、親切な提案をしてくれた。

「じゃ、じゃあ。ちょっと行ってくる！」

私は慌てて生徒会室を飛び出した。

どうしよう。どうしよう。どうしよう。

暖が早くも「死」という言葉を発したことで、私は激しく動揺していた。

今回は一回目よりも流れが速すぎる。暖はおメダイを見てないのに、どうして運命線が分岐したのか、もっとしっかり考えるべきだった。

私は帆南に疑われないよう一旦(いったん)五階に下り、A組からE組まで並ぶ廊下を急いだ。E組の横を通る時に、小窓から中をさっと覗く。暖の席は……やはり空席だ。

それから中央階段を上る。六階を通り過ぎて、屋上階へ。

泣きそうな気分になる。前回、櫂くんが死んだ屋上。三回目で帆南が死んだ屋上。

私はやはり甘かった。暖は生徒会役員だ。「副会長に頼まれた」とでも言えば、きっと先生は屋上の鍵を渡すだろう。帆南が鍵を持っている方がまだよかった。

いや、そんなことではきっと運命線は変えられない。この運命線を変えるには、殺意の消失が必要なんだ。もしくは、暖の恋が――それとも私の恋が、消えてしまうことが。

屋上の扉を開ける。泣きそうなくらいの快晴だ。初夏の日差しに目が眩(くら)む。

「暖……どこ？」

この繰り返しの果てに、私は何を見つける？　私は何を得て何を喪う？

誰も死なない、みんなで笑い合える未来なんて、あり得るの？

絶望と儚い希望が錯綜する。死を見続ける中で、私はもう壊れかけていたかもしれない。

「つ、む、ぎ」

びくっとして振り返る。

「来てくれたんだ。嬉しい」

笑顔を浮かべた暖が、私のすぐ横に来ていた。


「ど、……どう、したの。メッセージがいきなりでびっくりした」

眩暈がする。ここは、どこで。この運命線は、どこで。

「待ってたんだ。紡に会って……話がしたくて」

暖の言葉が遠く聞こえる。私はもう記憶を失い始めている？　暖が笑顔を見せるなんて。

「話って、何？」

「ふふっ……いろんなこと。紡とちゃんと話すのって、久しぶりよね」

暖を取り巻く世界がセピアに染まるような感覚がした。

「あのね、私ね。子供の頃からたまに、正夢を見るの。突然、何の脈絡もなくポーンって。大抵、悪い夢。田舎だからさ、平屋の広い家でね、こーんなちゃぶ台で……」

暖が歩きながら両手を大きく広げ、低く足元に示す。

「シャケとか菜っ葉のゴマよごしとか白味噌(みそ)のお味噌汁とか、超・和風の朝食をおばあちゃんが並べてくれてさ……私は畳の上にぺたんと座って〈陽(ひなた)くんの家のおじいちゃん、明日死んじゃうよ〉とか、夢で見たことを言っちゃって。そしたらすごく怒られた」

村について語る暖の横顔は、小学生時代の面影を感じさせた。

「おばあちゃんがね、すごく怖いの。お母さんは優しく聞いてくれたけど、なんだか悲しそうで。それで、どんな夢を見ても言わないことにしたの。絶対に、誰にも」

「未来の夢を……見るんだ……」

昔のことは一切語らなかった暖が、何故今、語り始めているんだろう。

「私のいた村はね、霊視できる人が多いの。知る人ぞ知る奇跡の村とか言われてる。東京から、お忍びで政治家さんとかよく来てね。でも私、知ってるの。みんな視(み)える視えるって嘘ばっかり。予知を装うのはちょっと勘のいい人が訓練すれば難しくないんだ。メンタリストみたいなものかな」

暖は両手を組んで前に伸ばした。ふわふわとした雰囲気は、いつものままだ。

「本物はあまり、オモテに出ないの。おばあちゃんは、本物。視えた内容はなかなか言ってくれなかったけどね。視えすぎて、いつも苦しそうだった。いろんなこと教えてくれたよ。未来は決まっているようで決まってない。けっこう変わっちゃうんだって」

未来は変わってしまう。運命線は分岐すると紡ぎ直される――

「いいことの方が変わってしまいやすいから、怖いって。悪いことの方が外れにくいけど、いつ死ぬかなんて、誰だって聞きたくないよね。能力者に存在意義なんてあるのかなあ?」

暖は私を哀(かな)しそうに見た。

「お母さんもたぶん能力があった。能力があると、早く死んでしまうことが多いんだよね」

「おばあちゃんとお母さんに能力があったんだ……」

「お母さんは、隠してたからよくわかんない。おばあちゃんは本物――本物がほんの少しいて、世の中偽物(にせもの)ばっかり」

暖がふわりと微笑(ほほえ)んで、視線を落とした。

「本物の霊能力者なら、やっぱりいてくれたら、助かるんじゃないかな……」

〝私――世界を守らなければいけないのかも〟

　暖は、この先の世界が暖を必要としていることを、本当は知っているのかもしれない。

「未来なんて、下手に当てると怒りだす人も多いしね。むしろ、言ってほしそうな一般的なことを言ってかるーく催眠かけた方が、この人当たる当たるって喜んでもらえる。村には、そういう嘘つきおばさんが多かった。儲かるからやめらんないよね。もともと本物だった人も、お金儲けを始めると視えなくなっていくんだって」

「……あの、暖は視えるの？」

　思わず問うと、暖がゆっくり私に振り返った。なんて美しい子だろうと改めて思う。眩しい笑顔に、ふわふわした髪がまとわりつく。キラキラと透けて、絹糸のようだ。

「私は、視えない。たまに、嫌な夢を見てしまうだけ。人が当ててほしくないようなことばかり、当たっちゃうだけ。村の人の能力とは違う。私、余所者だから。たぶん霊がたくさん、村に居着いているからさ。余所者にも時々、夢で教えてくれてたんじゃないかな？」

　余所者――

「でもお母さんもおばあちゃんも、余所者の私なのにとっても可愛がってくれたよ。三人で平和に暮らしてた。その頃から、お兄ちゃんとはたまに会っていたんだ。街で待ち合わせて、お母さんと三人で遊びに行ったり……」

暖が懐かしげな目で遠くを見る。何を考えているのか、わからない。

「お兄ちゃんは村に来てくれたこともあって。その時、珍しくおばあちゃんが未来を視てくれたの。私とお兄ちゃんは一生離れることはないって。嬉しくて……」

〝私とお兄ちゃんは一生離れることはないの〟〝私たち、血が繫がってないから……〟

そう聞いた時、話の流れに少し違和感を感じていたけど……今わかった。

暖は、能力者であるおばあさんに視てもらった未来を語っていたんだ。血の繫がりはないのに「一生離れない」――それは希望ある「未来視」だった。

やはり暖と櫂くんは赤い糸で繫がっている運命の相手なんだろう……。

「お母さんが死んだ後、夢にお母さんが出てきて〈東京に行きなさい〉って言ったの」

〝あなたは世界を守りなさいって〟

暖がまっすぐ私を見た。透き通った眼差（まなざ）しだ。

「私ね、余所者でよかったと思ったの。お兄ちゃんの本当の妹じゃなくてよかった。お兄ちゃんさえいれば、何もいらない。お兄ちゃんがいる東京へ行こうって……」

そして暖は、櫂くんだけを頼りに東京へやってきたんだ。

「あのね、紡。私、最近ヘンなの。悪い夢を見て……死んじゃったり、殺しちゃったり、死んじゃったり……ふふっ」

ぞっとする。私の繰り返しによって消えた未来を、暖は記憶してるってことなの？

「夢は――夢よね。わかってる」

暖がふっと笑った。それは、いつものようなふんわりした暖にも、別人のようにも見えた。ひらひらと舞う蝶のようだ。目の前の暖がブレてゆく――。

「お兄ちゃんが今朝、一度家を出たのに、忘れ物したって戻ってきたんだ。そしてさりげなーくね、私に紡のことを聞いた。紡に何かあったかって」

「燿くんが、戻って私のことを聞いた……？」

「お兄ちゃんの心の中がその時いきなり、流れ込んできたんだ。紡の泣き顔が視えた」

エレベーターが閉まる瞬間、私は笑顔でいようとしたのに、ぼやけて。

燿くんは、私の涙に気づいた？　そして、一度家に戻り暖に私のことを聞いた？

〝暖は今、未来や人の心が視える力が発現し始めているから――嘘はつけない〟

暖は、目に見えない世界が視え始めている。私が消した未来も、視えているのかもしれない。そして繰り返しを蓄積している。繰り返すたびに能力の発現を早めてゆく……？

「お兄ちゃんは好きな人なんかいないと思ってた。でも本当はずっと
この運命線で暖は……絶望して自分だけの死を願うんだ。

「紡が好きだったのかもしれない」


暖が私を見つめている。吸い込まれそうな透明な眼差しだ。

「ずっとね。私がいない方がいいんだろうって思ってた。私さえいなければ、高遠原家は壊れなくて……お母さんは今も生きていたかも」

暖の殺意の本質は、自分への憎しみかもしれない。自分を消してしまいたい強い思いは、本当に暖自身を殺してしまいそうになっているんだ。

「おばあちゃんは、私とお兄ちゃんが〈一生離れない〉と言ってくれたけど、運命の相手と言ってくれたわけじゃない。私は、ただの妹で。お兄ちゃんの重荷になっているだけで」

でも燿くんは自分が死んでも、暖が生き残ってほしいと願った。

「燿くんは暖のことを誰よりも大事にしているんだよ。いない方がいいなんて、そんなこ

と言ったら絶対、ダメだよ！」

暖と私の視線がぶつかり、絡み合う。火花が散りそうな睨み合いだ。

「紡——」

ふと暖の表情がほどけて、柔らかい微笑になった。

「私が消えた方が助かるのは、あなたよ」

違う、暖が消えた方がいいなんて、私は欠片も思っていない。今ここで暖が死んでしまったら、私も櫂くんも帆南も、みんな取り返しのつかない痛みを背負って人生を損なう。

〝暖が殺意を他人に向けずに、自分を殺して終わるのが一番、適当だと〟

私が繰り返してきたのは、暖を死なせるためじゃない。

暖が死なない未来を探すためなら、私は何度でもタイムリープする。


「さよなら」

不意に、暖が屋上の柵に向かって走り出した。細くしなやかな身体が風のように私の手をすり抜けてゆく。こうならないよう自分が暖よりも屋上の柵側に陣取っていたつもりだったのに。

「暖、やめて。絶対ダメ、ダメなの‼」

私は急いで振り返り、後を追ったけどバランスを崩して転びそうになる。

暖は柵の前に置かれた椅子に乗って、ふわっと柵を跳び越えてゆこうとして――

その時、暖を隠すように影がさっと入った。


何が起こったのか一瞬わからなかった。突然視界に入ってきた帆南が、素早い動きで暖に抱きついて柵の内側に引きずり落としたんだ。でも暖は、日頃のふんわりした暖には想像もつかないほどの激しさで抵抗し――悲鳴をあげたのは帆南だった。

「きゃあああっ」

暖に強く突き飛ばされ、帆南はコンクリートの地面に全身を叩きつけられた。

「帆南！　……どうして」

戻らない私を探しに来たんだろうか。帆南は横たわったままぐったりと動かない。

帆南に駆け寄ろうとすると、暖が帆南から少し離れたところで座り込み、痛そうに脚をさすりながら立ち上がろうとしているのが目に入った。

私に迷いはなかった。この運命線で死ぬのは暖だ。運命線を分岐させることができなければその死は「決定」なんだ。帆南は死なない。

　フラフラと柵に手を伸ばす暖を突き飛ばし、私は椅子に飛び乗り柵を跳び越えた。暖が慌てた様子で私に振り返る。次の瞬間、私と暖は柵を挟んで向かい合っていた。

　柵の向こう側には一メートルほどの空間があり……柵の内側と外側に何ら違いはない筈なのに、柵を乗り越えてみると強い風を感じる。背筋に寒気が走る。

　柵を掴んだまま、暖と目が合った。暖の表情が、驚きから徐々に怯(おび)えに移ってゆく。

「なに……してるの。紡がなんで、そんなことするの」


　殺意の発生と消失が、運命線を分岐させる。

　暖の殺意を消せないなら、私に殺意が生まれれば、運命線は分岐する。


〝君は、神を見るだろう〟

　そんなの、嘘だ。神様なんていない。

　運命があって、遠い未来まで決まっていて、私たちはそれに縛られて生きてるんだって。

　抗(あらが)うほど、運命に絡めとられてゆくんだって。

　そこには、幼い日に絵本を読んで信じた、「わたしたちをあいしてくれるかみさま」はいない。超越者の傲慢（ごうまん）しか見つからない。この繰り返しに愛なんか見えない。

「ちょっと……やめて。紡、何してるの。ねえ、やめて。ねえ‼」

暖の叫び声が恐怖を纏う。

怯えさせたいわけじゃない。暖には笑っていてほしい。

横殴りの突風に足元がぐらつく。引力に任せれば、地面はすぐそこだ。

〝運命線を分岐させるのは、死亡フラグと恋愛フラグ〟

冗談みたいに響いた双子（コネクター）の言葉に、今私はすがっている。

死ぬ未来を死なない未来に変えたいなら。

死なない未来を死ぬ未来に変えればいい。

「やさしいかみさま」よりは、「等価交換」の方が私には信じられる。

暖と私は、一瞬たりとも視線を逸（そ）らさず見つめ合っていた。

これでいい。きっとこれがいいんだ。

タイムリープは生と死を混ぜる。因果（いんが）の環（わ）を中庭から眺めるようなものだ。

〝生の中に死が、死の中に生が含まれているとは思わないか？〟

死は一歩踏み出した先にある。時を繰り返す間に、私はゆっくりと死に近づいていたのかもしれない。


〝ずっとね。私がいない方がいいんだろうって思ってた〟

ううん、暖こそこの世界にいなくてはならない、特別な椅子に座った特別な女の子だ。

櫂くんは、暖を守るために自分が死ぬ運命線を選んだ。

私は櫂くんの願いを踏みにじって、あの運命線を夢にしてしまったんだ。どんなことをしても、絶対に暖を死なせられない。自分の命に代えても。

同じ時の繰り返しの中で、真実も正義もぐずぐずに融けてしまった。ただ砂時計を上下に返し続けているだけで、時間の壁を突破できない。

理不尽には、真逆の理不尽をぶつけよう。そうすればきっと、未来は開ける。


生には死を。

死には生を。


「いた、たたた……紡、どこ……」

帆南が起き上がりかけている。気づく前に終わらせたい。その瞬間を見せたら傷つける。

〝愛してる〟

耀くんに抱き締められた瞬間の、眩暈のような感覚が降ってきた。

言葉は消えた。私が消した。このまま時が続けば、きっと私の心からも消える。

でも、今跳んだら。

――永遠が見えるかもしれない。


「じゃあね。幸せに、なって」

怯える暖を宥めるように、優しく言う。

私の中に殺意が生まれて、私が私を殺す。

この運命線は新しい未来へと続いてゆく。私が続かせる。


そして私は、跳んだ――

第六章　死の先の未来へ

眠りは死かもしれない。
人は毎日、死んでいるのかもしれない――長い時間を。
櫂くんは、夢でお母さんと会ったのだと言っていた。
生者と死者が会える場所が夢なのだとしたら、夢はどこに在るのだろう。
生に属するのか、死に属するのか。
白くて明るくて柔らかい場所で、私は眠っていた。そして、夢を見ていた。
ふと気づくと――膝だ。膝枕されているような感覚。
『目が覚めた？』
声が聞こえた、ような気がした。「脳内に響く」という感覚に近い。
真っ白で何も見えない。自分という実体に現実感がない。

ただ、柔らかい。右の頬だけが柔らかさに触れている。なんとなく「感じる」……。

誰かが私に膝を貸してくれているみたい。目の前はただひたすらに白い。

『誰……？』

言葉を発したわけではない。そう自分が口にしたような「気がした」だけだ。

『私は死んだのかな……』

飛び降りたことは憶えているんだけど、そこから途切れてしまっている。

ここは天国みたいなところなのかな……とのんびり思う。

右手が地面に投げ出されているのを感じる。おメダイを握っている感覚がある。

おメダイが私を天国に導いてくれたのかな。異様な状況の筈なのに、不思議な気は全くしない。とても安らかだ。

……するとまた、声が聞こえた気がした。

『愛されていることを、忘れないで』

――そして意識が……私が私であることを繋ぐ知覚が……途切れた。

長い、長い夢を見ていた気がした。

「ピヨちゃん目覚まし」がピヨピヨ鳴いている。

「今」がどこにあるのか、「私」が誰なのか、「ここ」はどこなのか……。

『今、出られる？』

握っているスマホに櫂くんのメッセージが着信する。また六月二日が始まるんだ。

死ねなかった。繰り返してしまった。

私に殺意が生まれた。だから新しい「私が死ぬ運命線」に分岐し、そして飛び降りて――私が私を殺して、その後も運命線は続いていった筈なんだ。

過去に戻るには強く願うことが必要だ。私はあの時、過去に戻る気はなかった。

どうして戻ってきたんだろう。どうしてまた、繰り返してしまったんだろう。

〝君は、神を見るだろう〟

不意に言葉が蘇る。あの真っ白な空間で、私は神を見たんだろうか。

いや、何も見えなかった。柔らかな感触と、なんとなく「聞こえた気がした」だけだ。

私はベッドの上で、そっと居住まいを正した。何故か、心に静けさが降りてきていた。

運命は変えられる気がした。私の未来は、私の手の中にあると思えたんだ。

着替えて家を飛び出す。六時を七分くらい過ぎてしまったけど、いつものように階段脇の空間に、背の高い擢くんのシルエットが見えた。駆け寄って笑顔で言う。

「遅くなってごめん。おメダイ、ください」

「……やる」

不思議そうな顔で、右手を差し出される。私は両手でその下に受け皿を作る。

「メダイはメダルって意味で……」

「うん、わかってる。大事にするね。これが今の私には……必要なんだ」

〝おまえの身を守ってくれるお守りとして持っててくれって言ってた〟

おメダイはタイムリープに必要だったわけではなく……時の繰り返しの中で、私の身を守ってくれていたんだと、今は思う。

「よし。ずっと持ってろよ」

　燿くんの未来を、人生を、すべてを――応援したい。

　最初の朝は、試合を応援していた。今は試合だけじゃなくて……

「頑張ってね」

　頭をポンポンと叩いてから、エレベーターへと歩き出す背中をぼんやり見ていた。大好きな人の、広い背中だ。

「紡……」

　ああ、燿くんの口調が違う。泣いてることに気づかれてしまったんだ。

「どうしたんだよ。何か……あったのか？」

　必死で涙を堪えていると、振り向いた燿くんが手を伸ばし、私の頭にそっと触れた。

「……どら、ないで」

「え？」

「私、平気だから。家に戻って、暖に聞かないで。お願い」

　涙を拭って、顔を上げる。なんだかボロボロだけど、仕方ない。

「……わかった」

　きっと、すごく変に思われてる。今の燿くんは、タイムリープの記憶も、今までの五回の運命線の記憶も、消えてしまっている筈だものね。

「ありがとう。あのね……」

すき。

ただ素直に、何のてらいもなくそう言えたら、どんなにいいだろう。

「名前、呼んでくれて嬉しかったんだ」

燿くんが一瞬、切なさを含んだ表情で私を見た。

この運命線を、今は変えちゃいけないのに。何かが伝わってしまったかもしれない。

でもきっと、燿くんは私の願いを聞いて、家に戻らずに試合に行ってくれるだろう。

約束は守ってくれる人だ。だから大丈夫――


エレベーターの扉が開き、ためらいがちに燿くんが乗り込む。そして私に振り返り、一瞬目が合う。すると慌てたように「開」ボタンを押して、扉を開けたまま留めた。

「応援してる。ずっとだよ」

笑ってみせた。少し、泣き笑いになってしまったかも。

ゆっくり扉が閉まる。大好きな人は、一番最初の朝と同じ……心配そうな目をしていた。

私は家に戻ると、リビングへ行き、ソファに座ってぼんやりしていた。シャワーを終えた母がキッチンに入る。

「おはよう、紡。まだ着替えないの？」

「うん」

立ち上がり、カウンターテーブルにつく。母が朝食のプレートを目の前に置いてくれた。トーストにソーセージ、見事な目玉焼き、サニーレタス。

「プチトマト、傷(いた)んでたの。買ったばかりなのに！」

「なくて大丈夫だよ」

「ねえ、紡。昨日の夜、あなたのパパからメール来たよ」

母がこう言ってくれるのを待っていた。

「あの人とはさ、生き方がズレてっちゃったから、離婚は致し方なかったんだけど。でも嫌いで別れたわけじゃないからね。今は友達って感じよ。紡に会いたいって書いてあった。ちょっと淋(さび)しそうだったよ。ほら、今日はあの人の誕生日でしょ」

「……うん、忘れてた」

「致し方ないよ。去る者は日々に疎し。連絡先、あなたのとこにメールしとくね。声かけてあげなさい」

送られてきたメールを見て、今まで気づかなかったことにふと気づいた。父のアドレスの文字列は「spinastory」――spin a story（物語を紡ぐ）だ。

スマホを見つめている私を、母がじっと見ているのがわかった。時の繰り返しの中で、母のせっかくの朝食を何度も無駄にしたし、邪険にもした。申し訳ないな。

さらに私は、これから母に心配をかけさせることを言おうとしている。

「……あのね、ママ。話があるの」

自分の運命をどう切り開いてゆくのか、考えたんだ――

七時十分。暖と玄関前で会った時、私は制服を着てはいなかった。

「……紡、あれえ？　どうしたのお⁉」

玄関のドアを開けた暖が、驚愕の眼差しで私を見ている。

そりゃそうだよね、と思う。学校のある平日の朝なのに、私はボストンバッグなんか持って、ジーンズにスニーカーだから。

「えっとね。……突然でごめんね。私、今日お父さんのところに遊びに行くんだ。離婚して、ちょっと遠くにいるの。ひとり暮らししていて」

「学校に行かずに、いきなりお父さんの家に⁉」

「うん。今日、お父さんの誕生日だからさ」

にこっと笑って歩き出す。たぶんこれが一番いいんだ。

六月二日が父の誕生日であることも、きっと運命だ。今なら、少しだけ嘘を混ぜながら本当の気持ちを言って、旅立てる。

慌ててバッグにいろんなものを放り込んだから、忘れ物がありそうで怖いな。

寝る時にどうしても手放せないしましまうさぎさえ持っていけば、他は何とでもなる筈。

「いきなりで、超びっくりだよ〜。もっと前から言ってくれればよかったのに」

「急に決めたから言えなかったの。ごめん」

〝私が消えた方が助かるのは、あなたよ〟

いつの間に、私たちはここに迷い込んだんだろう。

どちらかが消えなければならないような運命に。

「どうして学校休んでまで今日行くの?」

「今日じゃなきゃ、意味がないの」

この運命線は、すぐに分岐させない限り三人が死ぬ。今日でなければ意味はない。

「じゃあ、週末のうちに帰ってくるの？　今日は金曜日だから、二泊三日？」

「わかんない。決めてないんだ。ちょっと長くなると思う」

暖が立ち止まってしまった。驚いたような呆れたような目で私を見る。

「ねえ、そんなに学校休んだら、単位足りなくなっちゃう。留年になったらどうするの」

「その時はその時。もう――――戻らないかもしれない」

暖の表情が止まった。


私と暖は、お互いを射抜くように見つめ合っている。

屋上で見つめ合った、火花が散りそうな睨み合いを思い出す。あの時も今も、激しい緊張感で胸が締め付けられて痛い。でも、今ここには……希望がある。そう信じる。

「どう、して……急に。変だよ、紡……」

私は緊張でこめかみがズキズキ痛むのを感じた。なるべく自然に、できる限りさりげなく、やり遂げなければ。私は道端に暖を手招きし、ポケットからおメダイを出した。

「これ――――」

そっと差し出すと、暖の表情が明らかに変わった。

青ざめた表情を隠し、暖がさりげなさを演じようとしているのがわかる。そっと震える手を伸ばして私からおメダイを受け取ると、金具のところをそっと確認している。

「……どうして……これを紡が……」

ドクン、と心臓が鳴り響いたのを感じた。今ここで失敗したら、すべては元の木阿弥だ。

「櫂くんに、もらったの」

思い切ってポンと投げるように言うと、暖の肩が震えた。

「おにい、ちゃんが……」

そう、おメダイが始まりだった。このおメダイには、暖と櫂くんのお母さんの祈りがこもっていて――正しく使わなければ、運命は道に迷ってしまうんだ。

私は言わなければいけない。できる限りあっけらかんと、明るく。どうしても混じる嘘を、人の心を読む力を持ち始めている暖が見抜くかもしれないから。

それでも、本物の想いが貫かれていれば、きっと暖は信じる。

「私がお父さんのところへ行くって言ったら、櫂くんがくれたの。お餞別みたいな？　でもこれ、お母さんの形見なんだよね？　だから申し訳なくてさ。返しておいてくれる？」

にこっと笑って言った。このおメダイは、返すべきだと思う。それは本当の気持ちだ。

「お兄ちゃん……このおメダイをすごく大事にしてたのに、どうして紡に……」

暖の言葉が、ふわふわと彷徨う。運命線もきっと迷走中だ。

「耀くん、私のこと好きだったみたい」

喉に力を込めて、できる限りあっけらかんと言い放ち――

すると暖が、呆然とした顔で私を見返した。きゅっと心臓が縮む。

「ほら、幼なじみだから。暖がいない間、ずっとお隣にいて、ず――っと妹みたいに過ごしてたでしょ。だから刷り込みっていうんだっけ？　お互い初恋の人だったかも」

なるべく爽やかに、懐かしい目をして。

「私、確かに子供の頃は耀くんが好きだったけど……子供の頃の思い出って懐かしくてさ、やたらキレイに見えるじゃない。思い出補正ってやつ。大人になったら、それぞれ自分に合った人を見つける。耀くんってほら、固ゆで卵でつるっつるしちゃって摑みどころないしさ」

ごめん帆南、台詞パクった。でも消えた未来からパクれば決してバレない完全犯罪だ。

「無駄におモテになりまくる生徒会長様だしさ……私には釣り合わないよ。もっとびきり可愛い子の方が、似合ってると思う」

声が震えそうになる。でも帆南がパイプ椅子を蹴飛ばしながら長演説していたのを思い出したら、なんだかおかしくなってきて……私は涙もこぼさず言い切ることができた。

暖は青ざめたまま、何も言えずに黙りこくっている。今、暖は激しく衝撃を受けているんだ。まさに、運命線が分岐するほどの衝撃を。私は何とか、語り切らなければ。

「あのね、お父さんがすごく淋しそうにしてるんだ。私はお父さんと一緒に住んであげた方がいいんじゃないかって、ずっと思っていたの」

ううん、父のことは最近すっかり忘れてた。東京を離れることも考えられなかった。でも生活力のない父と一緒に住んであげたいと思ったこともあるのは、本当だ。

「そう……なんだ。私、絶対紡はお兄ちゃんのことが好きだと思ってた」

暖が私をじっと見た。心を覗き込まれているみたいでひやりとする。

「櫂くんのことは、今も好きかも。初恋の人って特別だもん。でも……」

暖の目を見つめて、私はにこっと笑った。運命線を分岐させたい。一世一代の大勝負だ。

「私は新しい場所へ行く」


私と暖は、しばらく見つめ合っていた。

登校時間がどんどん遅れてゆく。でも、どちらもそんなことは口にしない。

ふと、暖が視線を落とした。

何故か「勝った」気がした。すべてを覗き込まれそうな暖の大きな瞳に、私の未来を変えたいという思いが勝った——みたいな。

「紡と離れたくない。行っちゃうなんて、淋しいよ……」

俯いたまま、暖がぽつりと言った。

「ごめんね。でも行かなきゃいけないんだ」

君の死なない未来のために。

全員が生き残る運命線へと分岐させるために。

「そんな……行ったっきりみたいなこと言わないでよぉ……」

暖が涙声で言って顔を上げた。目がうるんでいるのがわかった。

私は曖昧に笑ってみせる。きっと、もう戻れない。

〝タイムリープを繰り返しても、誰も死なない未来に分岐させるのはきっと、難しい……〟

双子の言うように、この運命線はどうにもどうしようもなく死に突き進んでいる。

でも、まだ分岐させるチャンスはある。

櫂くんにもらったおメダイを、暖に渡せばいい。それから私が櫂くんの許を去ればいい。

この先、燿くんの隣にいるのは暖だと、暖だけだと。
暖が希望を持てば――――きっと殺意は消える。運命線は分岐する。
そう、私が暖の人生から消えてしまうだけでいいんだ。

〝この運命線を続けろ。俺以外死なない運命線だ〟
〝私が消えた方が助かるのは、あなたよ〟
〝絶対に暖を死なせられない。自分の命に代えても〟

誰かを守るために誰かが死を選んで、繰り返された未来。
でも、誰も死ななくていい。
燿くんと暖のお母さんが、私におメダイをくれた本当の意味がわかった。
この運命線を誰も死なせずに分岐させられるのは、私だけなんだ。
暖は掌(てのひら)の中のおメダイを見て、大事そうにぎゅっと握ると顔を上げた。
「紡、ホントに戻ってきてね」
燿くんにすべてを打ち明けるべきかどうか、迷ったけど何も言わなかった。

たぶん何も言わない方がいい。消えてしまった未来の記憶は、私だけが抱えていく。そして、いずれ私の中からも消えて。

「……もう学校に行った方がいいよ。私はＪＲで東京駅に行くから」

暖が困った顔をした。どこへ行くかさえ聞かれていない。まだ混乱しているんだ。

「じゃ、行くね。元気でね。さよなら！」

笑顔で暖に手を振り、背を向けてどんどん歩き出す。

私は、早くここを去らなければいけない。泣いてしまう前に。

「つむぎ……っ！」

十メートルも行かないあたりで、暖の叫ぶような声が聞こえた。

振り向くと、暖が目に涙をいっぱい溜めて、両手でこぶしを作って震えている。

私は立ち止まって、しばらく暖と見つめ合った。駅に吸い込まれてゆく人たちが、私たちを不思議そうに交互に見ているのがわかる。

「ごめんね……」

涙交じりの声だった。そして唇が、ゆっくり「だいすき」と形作るのが見えた。

私は苦しくなってぎゅっと一瞬両目を閉じると、パッと背を向けて歩き出した。

通勤ラッシュが近づいている、無数の人々がハイスピードで吸い込まれ吐き出される地下鉄入り口。誰もが無言で早足なのに、どこか温かみのある朝の風景だ。

暖はきっとこぶしを握りしめたまま、私の背中をじっと見続けている。

私は行かなきゃいけない。歩みを止めてはならない。


暖は、きっと無意識の領域でわかっているんだろう。

未来が何度も繰り返され消えていったことも、私が櫂くんから去ろうとしていることも。

私は俯いて歩きながら、ボロボロボロボロ涙がこぼれるに任せていた。


どんなに好きでも、櫂くんとはもう会えない。

――そして、愛されていたことも忘れてしまうんだ。


家を出る前。決心を母に打ち明けた時、何故か反対はされなかった。

部屋に戻って必要そうな荷物を修学旅行で使ったボストンバッグに放り込み、父に短く今日行くことをメールした。そして唖然とした顔の母を置いて家を出てしまった。

冗談だと思われたのかもしれない。本気そのものなんだけど。

暖と別れた後、コンビニで自分のお年玉貯金を下ろし、東京駅へ向かった。

以前、好きなアニメクリエイターさんが「急に思い立って新幹線で旅に出た」とネットで呟いていたことがあるんだ。当日の朝、切符を買いに行ったら買えたよって。

ＪＲ東京駅は迷路のようだ。気づくとカフェやスイーツの専門店が立ち並ぶエリアに迷い込んでいた。華やかな色彩と寛いだ空気に、一瞬改札を出てしまったのかと錯覚する。

肩を叩きあって笑いさざめく女子大生グループの横を通り抜け、構内を行きつ戻りつしてなんとか切符売り場に辿り着く。席はちゃんと空きがあり、無事に切符を買えてほっとした。ひとりで旅行なんかしたことないけど、何とかなるものだ。

ううん、何とかするしかない。死ぬことを思えば、何でもできる。

真新しい新幹線に乗る直前、つい周囲を見回す。帆南に挨拶できなかったのは仕方がない。ただ、もしかしたら双子が来てくれるのではないかと、期待してしまうんだ。

学校を出たら、橘姉妹の守備範囲外なのかな。もう誰も私に分岐を教えてくれないの？

万一、ここが三人死ぬ運命線のままで、誰かが死んでしまうようなことがあったら、また繰り返すしかない。過去に戻ることを強く祈ってみよう。

でも、私の中には確信があった。きっともう、戻らなくて済む。

少し迷ったけど、人に聞きながら何とか自分の指定席についた。想像より広々としている窓際の席だ。すいているようで、隣には誰も来ない。

スマホを確認すると父からのメール返信が届いていた。

電話してきなさいと書かれていたので、デッキに移動して父に電話してみる。

『どうしたの？　突然だねえ』

久しぶりに聞いた父の声は、相変わらずのんびりとしていた。

「ごめんなさい。話せば長い事情があって……」

『僕の方はね、いつ来てくれてもいいよ。部屋も空いてるし、紡ちゃんに会いたいし……』

父は私のことをいつもちゃん付けで呼ぶのだ。小さい頃に戻ったような気分になる。

『ただね、君のお母さんから電話もあってね。泣いてたよ。夏休みでもないのに、いきなり僕のところに来たがるなんて、お母さんと喧嘩でもしたの？』

私が家を出てから、母は父に電話したのか……。心配させて申し訳なくなってきた。

「別に喧嘩したとか、家出したいとかじゃないの。すごく大変な事情があって……」

着いたら話すつもりでいても、着く頃には、私の記憶はどうなっているんだろう。どんな風にこの運命線はつじつまを合わせるんだろう。

「人の命に関わる問題なんだ。きっとパパならわかってくれると思う」

『僕のところに来るのは構わないよ。駅まで迎えに行くから、着いたら動かずにいてね』

父は静かに言った。

六月二日、突然の旅立ち。人から見れば、私の非日常的な激動の一日が始まったように見えるかもしれない。でも今回こそ絶対に、平和でありきたりの一日になるんだ。

人の死を繰り返し見続けた六月二日よりも、きっと。


列車が発車してから一時間ほど過ぎ、私がぼんやり車窓風景を眺めていた時。

「「はーろー」」

聞き慣れた声が耳元で響いた。

振り向くと、橘姉妹が私の席の隣に並んでにっこり笑っていた。

「紡ちゃん、ここにいたのね」

「いきなり新幹線に乗ってて、びっくりよ」

ドクンドクンと心臓の音が聞こえる。双子が来てくれた……ということは。

「橘さんたちが来たってことは――運命線は分岐したんだよね？」

双子は顔を見合わせてから、にっこりして私を見た。

「そうね、一応分岐は起こったわ」

「分岐した新運命線では誰も死なない、筈よ」

「死なない、はず……？」

「あのね、ちゃんと分岐できるかどうか、まだ未確定なの」

「一応分岐は起こりかけているのだけど、まだゆらゆらしている感じ」

　ゆらゆらしている……？

「そういうことって、あるの？　分岐しそうでしなかったり？」

「そうね。たまにそういうことがある。予定外の心の変化が分岐を引き起こすでしょ。そして新運命線はできたけど、まだ元に戻る余地もある……って時もあるのよね」

「でも、七日以上かかることはないわ。七日の間には、必ずどちらかに定着する。だから、前の運命線に戻ってしまったら、時が戻せるわ」

「そうなんだ……」

　ううん、戻ることはないと信じている。きっと暖の心は変わる筈だ。

「紡ちゃん。行ってしまったら、戻らないつもりなの？」

「うん──もう、戻らない」

もう、誰かが死ぬ運命線を生み出してはならないから。

三人死ぬ運命線が生まれてしまったのは、きっと「あってはならない分岐」だったんだ。暖の能力の発現の過程で、他人を殺すなんて「あってはならないこと」だった。

分岐し続ける運命線の「もともと」なんてわからない。でも暖の殺意は本来、暖自身へ刃を向けていたのだと思う。時を繰り返すほど、暖が自殺する運命線に向かってゆく。

あってはならない分岐こそが、暖を救うチャンスをくれたように思う。

待っていても未来は変わらない。未来を変えたいなら、人間が自分で行動するしかない。

人間が神様の思い通りに動かされる駒だったなら、人生は人間のものではなくなってしまう。チャンスをくれるのが神様だとしても——

未来を変えるのは、私自身だ。

「私、暖に〈もう戻る気はない〉とは言わなかったの」

いきなり戻らないと断言すると、不自然過ぎて逆に信じてくれないと思ったんだ。

「細かい事情は私たちにはわからないけど。曖昧な言い方でよかったと思うわ」

双子が顎に人差し指の指先を付けて、首を傾げている。

「恋の終わりと同じね。いきなりだと、うまくいかないことも多いのよ。こんな風にゆらゆらするのは、分岐の難しい運命線だからだと思う。無理せずゆっくり待つしかないわ」

あれでよかったのかな。今はもう、祈るしかないのだけど。

「ゆらゆらしているせいで、私たちが来るのも遅れてしまったの」

「もし、分岐が確定していたら、もう今頃はすべてを忘れているんでしょうけど」

「そ、そんなに早く忘れちゃうの⁉」

「その運命線に確定していない間は忘れないわ。分岐した時は私たちがそれを告げて……タイムリーパーが時を戻らないと決めたら、運命線は確定し、消した未来は忘れてしまう。今回はゆらゆらしているから、少しだけ確定が遅れているの」

「そっか……じゃあ、今私の記憶が残っているのも、たまたまなんだね」

ゆらゆらしているからこそ、憶えているだけなんて。

斜め下に視線を落とした。折り畳み式テーブルの上に、ノートとペンが置かれている。

「あら、何か書いてるの？」

「見せて見せて」

双子が、ノートを覗き込んだ。去年の誕生日に暖がくれた、表紙が革張りのイニシャル入りノートだ。勿体(もったい)なくて使えなかったこれを、今回荷物に放り込んできた。

「なんか、小説みたい。すごい」

「セリフがカギカッコに入れて書いてあるー」

〝物語にしたんだ〟

私の「仲間」……かつてのタイムリーパーと自称した男性が、言ってくれたことだ。

「忘れちゃうんだろうけど。こんなものを書いても、きっと消えちゃうんだろうなって思うけど。でも忘れたくないんだ。物語みたいに書けば、もしかして残るかなあって……」

私はそう言って、恥ずかしくなって目を伏せた。

「そうね。きっと残る……とは言ってあげられないけど」

「残るといいね。記憶こそが……その人をその人であらしめる宝物だから」

双子が並んで内側に顔を傾け、微笑(ほほえ)んでくれた。

切なさがこみ上げてきた。双子は運命線を繋ぐたびに記憶を消し続けているのだから。

「ねえ、あなたたちって世界中の運命線分岐を繋い(コネクトして)でいるの？」

「ううん。私たちが分岐を手伝うのは、私たちの周りだけ」

「じゃあ、他にもたくさん――――コネクターがいるの？」

双子はいつものように顔を見合わせて、それから私を見た。

「私たちには、わからない」

「たぶん、いるんだと思うわ。私たちにも、他の双子はひとりに見えているのかも」

世界中に、人の数だけ運命がある。運命は絡み合い、分岐し、変わり続ける。

その中にコネクターがさりげなく混じっているんだ……。


「じゃあ、私たちは行くわ。たぶん私たちはもう、現れない」

にっこり笑って去ろうとする双子に、私は慌てた。

別れ難い。双子との別れは今までの私、消してしまった未来の私、東京にいた私……そのすべてとの決別を意味している。涙ぐみかけた私を見て、双子は微笑んだ。

「紡ちゃんが私たちを忘れてしまっても、私たちは紡ちゃんのことを憶えているわ。運命線のひとつひとつの出来事は記憶できないけど、あなたがタイムリーパーだったことは、忘れない」

「私は……全部忘れちゃうんだ」

「そうね。きっと『まゆ』って呼んでくれるわ」

双子は顔を見合わせて、くすくすと笑う。

「でも、いいの。幸せになって。北海道でも」

「寒そうね。またきっと、どこかで会えるわ」

双子が席を離れた。顔を見合わせてくすくすと笑い、通路のところで並んで手を振る。そして軽やかにデッキの方へと消えてしまい――


「ふう」

そっとため息をつく。あの子たちはどこから来て、どこへ行くのだろう。

この新幹線内を探し回っても、もう見つからない気がしてならない。

そう、この新幹線の行く先は北海道だ。父の住む場所は函館(はこだて)。小さな女子大があって、父は今そこで働いている。離婚してしばらく父は実家近くの千葉にいたが、おばあちゃんが亡くなってしまった。その後函館で職を見つけて、引っ越してしまったんだ。

私はテーブルに置かれたノートを見た。

〝僕は物語のページをめくることもないまま、長くタイムリープ後の世界を生きた。しかしこの度、死にはじめてね。君のような、かつての僕が見えるようになったんだ〟

彼は、憶えていた。少なくとも、自分がタイムリーパーだったことを死を前にして思い出していたんだ。物語として、私とは切り離されたものとして書き残せば、もしかしたら消えてしまわないのかもしれない。その儚い希望に私は賭ける。

忘れたくない。あの日の悲しみも恐怖も、喪う痛みも、死を覚悟した瞬間のきらめきのような涅槃も、抱き締められた瞬間の心が砕けそうな切なさも、憶えていたいんだ。

誰しも、ある朝「未来の夢を見て目覚める」かもしれない。

時を戻し、未来を夢に変えた朝が訪れるのかもしれない。

この運命線の未来はどうなっているのかな?

ゆらゆらしているこの運命線に定着してくれれば、誰も死なない未来がくるんだ。

東京を離れ、知らない土地に行く。そこには櫂くんはいなくて、母もいなくて、暖も帆南もいなくて――

運命は変えられる。きっと私は、別の運命線にコネクトする。

列車は走り続ける。外の風景が、颪に吹き飛ばされるみたいに後ろへ後ろへと流れてゆく。もう戻れないこの選択を、私は決して悔やんだりしない。

この先に、何が待っていても生きてゆく。

揺れているこの列車のように、ゆらゆらと漂う運命線が私に記憶を残してくれていることも、運命なのかもしれない。記憶の残る限り、このささやかな物語を綴っていこう。

『まずは、朝だ。あの日私は何も知らず、何気ない朝を迎えた』

ダイスに導かれた「最初の運命線の朝」は、本当に何の変哲もない朝のように思えた。

人は生まれ落ちる時も、たぶん死ぬ時も、すべてはありきたりの日常に組み込まれているのだと感じられるような朝。

自分にとってどれほどの激動を、苦しみを、痛みや喜びを込められた一日であっても、すべてはありがちな物語の始まりのように、何気なく始まるんだ。

『長い夢を見ていた気がした』

エピローグ

「ねえ、パパ。もう起きてよ。遅刻したらまずいんでしょ？」

必死で揺さぶっても起きない父と、時計を見比べる。これでも私は受験生なんだけどな、とため息をつく。大学の非常勤講師って、契約期間が終わればいつ職を追われるかわからないから、かなり不安定なんだ。遅刻や欠勤はなるべくやめてほしい。

私がセーラー服に着替えて食卓にお皿を並べていると、父がやっと起きてきた。

「そうめんじゃない……」

食卓におでこをぶつけながらぽつりと父が言う。朝の父は、殆ど廃人のようだ。

「朝からそうめんなんて、元気が出ないってば。ハムチーズトースト、耳残さないでよね。カップスープもちゃんと飲んでね！　私行くから！」

バッグを肩にかけて家を飛び出す。季節は晩秋だが、外はもう体感的には真冬だ。

私が函館に来てから、もう二年以上が経つ。

両親が離婚し、三年くらい母と暮らした。高一の六月一日（父の誕生日の前日だ）、酷く気弱なメールを父が送ってきたんだ。紡に会いたいという言葉が不吉に感じられ、私は六月二日、学校を休んで函館へと向かった。

父は日本文学の大学講師をしているが生活力がない。精神的にも弱々しく、今にも世を儚みそう。とにかく父に会いに行ったら、駅に迎えに来てくれた父は痩せ細っていて……。

父の部屋に着くとがらんとして生活感がなく、部屋のあちこちに本だけが無造作に積まれていた。冷蔵庫を開けたら「めんつゆ」だけ。

「そうめんって、神の食べ物だと思わないか？」

いや、私はそうは思わない。しかし父は、こけた頬で目だけキラキラさせて言う。

「そうめんは、小麦の力がこもっている。良質な油も含まれている。そしてめんつゆは、カツオの風味が生きている」

いや、栄養素が全然足りませんから……。

戸棚にはそうめんが死ぬほど詰まっていて、冷蔵庫にはめんつゆ三本。ガスコンロには、ちょうどそうめんが入る程度の小さめで深いフライパンひとつだけ。

父の萎れた後ろ姿を見ながら、私は函館に残ろうと決心した。このままじゃ父は死んでしまう。もとから、私は父と暮らしてあげた方がいいんじゃないかと思っていたんだ。高校を中退する人なんて世の中にたくさんいるのだし、高卒認定試験でも受けようかと思ったんだけど、父は頑強に反対した。高校生活はとても大事だ、絶対に行くべきだと。

東京で通っていた高校と母に相談し、函館にある女子校に話をつけてもらった。高校同士の繋がりはよくわからないけど、とんとん拍子で話は決まった。他県からの転入者を受け入れているカトリック校の編入試験を受けさせてもらい、転校することができたんだ。


運命って、転がる時には思わぬ転がり方をするものだと思う。

東京には友達も、好きな人もいた。でも好きな人には決まった相手がいるようなものだし。その子は天使みたいな美少女で、私の入り込む余地なんてないし。

今の世の中、毎日だってメッセージで話せるから、いつでもリアルタイムに繋がれる。友人の帆南とは、函館に来てからの方が話しているくらいだ。

函館は日本で一番綺麗な街なんじゃないかと思ってる。東京も大好きだったけど、函館の美しさは格別で、綺麗な景色を見つけるたびに、帆南に写真を送っている。東京生活の写真も動画も送ってもらい、同じアニメを観ながらリアルタイムでメッセージを送りあったりしていると、なんだか全然遠くにいる気がしない。帆南とは、今でも仲良しだ。

東京にいる時は親友だと思っていた暖とは、やり取りが途切れてしまった。

一緒に暮らしている櫂くんに伝わるかもしれないと思うと、メッセージも送りにくくて。

暖はもともと貧血気味だったのが悪化し、生徒会役員をやめてしまったそうで。

『んー、暖？　元気なんじゃないかな。よく見掛けるけど、顔色は悪くないよ』

帆南は、暖とはもともとあまり親しくないので、この程度しか様子は聞けない。


「つむつむー」

昼食後、ぼんやりしていると蘭が話しかけてきた。

空手道場の娘さんで、函館での私のあだ名を決めてしまったクラスメイトだ。

「願書とか、どれくらい取り寄せてる？　つむつむは東京の大学行くの？」

寒い地方だから高校も暖房がしっかり効いていて、教室内は少し暑いくらい。

たまたまヒーター近くの席である私は、さっさと脱いでしまった紺カーディガンを椅子にかけて、下敷きで首元をパタパタしながら考えた。

「うーん、まだちょっと……決まらないんだよね」

「どうして？　やっぱこのへん、大学少ないしさ。東京に土地勘あってお母さんもいるなら、絶対東京じゃね？」

高台にある女子校は、校舎を取り囲む綺麗な桜並木が名物だ。

でもこのあたりはやはり寒いので、桜が咲くのは五月くらい。もう高三だから、もし東京の大学へ行くならもう見られないんだと思うと、少し切ない。

「うちのお父さん、ほっとくとそうめんしか食べなくて心配だしなー……」

最近は十分でできるお料理キットを駆使し、最低限の栄養は摂らせている。

父は偏食で食事をよく残すし、そうめん茹でるくらいしかしない人だ。でも生活も回ってきている。いまどき、野菜のおかずが多いメニューを選べる宅配弁当もあるし、私が東京へ行ってしまってもちょくちょく連絡を取っていればなんとかなりそうだとは思う。

「東京でいいじゃん。私、東京の大学行けたら原宿のショップで、蓮太郎くんが来るまで通い詰めたい。でもうちの親、過保護だからさあ。一番折れても札幌だって」

蓮太郎くんは大人気の美少年タレントで、原宿で期間限定ショップをオープンしている。

「私も札幌の大学にしようかなー……」

「そりゃ、つむつむも札幌だったら嬉しいけどさ、東京に住んでくれたらきっと遊びに行けるじゃん。泊めてくれたりしたら、超ラッキー」

母は、私が出て行った後もひとりで暮らしている。付き合いかけた相手もいたみたいだけど、別れてしまった気配もある。謎が多いのよね、あの人。

「あまり考えられなくて。自分の将来とか考えてるとぼーっとしちゃうんだよね……」

未来について考えていると、目の前に靄(もや)がかかったような気分になるんだ。


私の荷物の中に革張りのノートがあることに、函館に来て数カ月経ってから気づいた。そこには小説らしきものが書かれていて。でも、とても小説とは言えない拙(つたな)い文章だ。カギカッコが多用され、登場人物のセリフと描写の足りない説明文が交互に書かれている。まるで――――経験したことの覚え書きみたいに。

一応のストーリー性はある。朝起きて、メッセージを受け取って、櫂くんに会いに行くと「おメダイ」をくれて？　授業を受けていると、暖が屋上から飛び降りて。私はショックを受けておメダイに祈って……すると時が戻って、六月二日を繰り返す。

繰り返す六月二日で、友達が三人次々に死んでしまい、また時を戻した私が櫂くんに相談していると双子がやってくる。「運命線」とか「分岐」とか、行きつ戻りつするわかりにくい文章で必死に説明されているけど、何のことやら。

ノートは「紡、犯人は暖だ」という櫂くんのセリフを最後に唐突に終わっている。ＥＮＤともＦＩＮとも書いてないので、書きかけなのかもしれない。

このノートを暖がお誕生日にくれたことは、記憶している。ノートに書かれた文字はまさに私の筆跡だ。でも内容は、書いた覚えもなく、ましてや経験した記憶など全くない。物語だとすると劇的な展開のタイムリープもの？　私はなんだか怖くなってしまった。現実にいる人が登場人物になっていることが怖い。実は私の深層心理にはものすごい願望・欲望が渦巻いているのかな？　私ちょっと、病んでるのかな……。

疲れてるとか、憑かれてるとか。

私、いつこんなものを書いたんだろう。本当に私が書いたんだろうか。

私が東京から函館に来たのは、いかにも唐突だった。我ながら不思議だ。「積極性に欠けたヲタク」である私が、何故かいきなり函館に来て、住み着いてしまうという不自然。でも、駅に迎えに来てくれた父のこけた頬。冷蔵庫を開けた瞬間、めんつゆが三本並んでいて、本当にそれだけだった時の唖然とする気持ち。すべてを鮮明に覚えていて、どう考えてもあれが現実で。ノートに書かれているのはどう考えても幻想で。

でも、どこかで。この物語がもし本当だったら――なんて思う瞬間があるんだ。

もしこの物語のように暖が犯人で、私はなんとか仲間の死を回避して函館に逃げ、すべてを忘れてしまっているんだとしたら。私は東京に戻ってはいけないんじゃないかな。暖は、近くに櫂くんを好きな女の子がいることが耐えられないのかもしれない。

　暖は、心底では私を憎んでいたのかな。私は暖がいなかった頃の櫂くんを知っているし、どうしても櫂くんを好きな気持ちが消せないから。いつも「大好き」って言ってくれていた天使みたいな暖だから、本当は憎まれていたなんて考えるとつらくなる。

　私が函館に来たのは父が心配だったからだけではなく、暖の憎しみを察したから？

　私はぶるぶるっと頭を振った。

　ちょっと妄想が過ぎる。函館に来るまでも来てからも、私の記憶は繋がっているし、整合性もあるんだ。人は一生に一度は小説を書けると聞いたことがあるし。きっと、降ってきた妄想物語を深夜のノリで書き殴ったんだろう。ちょっと遅れた中二病だ。

　そう思う。そう思ってはいるのだけど。


　函館のクリスマスは、日本一綺麗だと思う。

　ゴージャスでありながら可憐(かれん)な、函館名物の夜景。それは海と光のコントラストが魅せる魔法だ。そんな函館の、赤レンガ倉庫群前の海上に、カナダの姉妹都市から贈られてきた巨大なモミの木を据えて、イルミネーションと花火で飾られるクリスマス。

初めて見た時は興奮して、ボロボロ涙が出てきて、一緒にいた蘭にこづかれた。

『函館行きたいなー。でも新幹線も飛行機もたっかいよね。シーズン中だと混むし』

私は自室でベッドに座り、膝を抱えながら帆南と話していた。メッセージでやり取りをしていて、途中で電話に切り替えたんだ。

推薦で一流どころの私大に決まっている帆南は、既に受験生ではない。

帆南が同じ生徒会役員だった誉くんと付き合い始めて、一年ほど経つ。初めて聞いた時にはドびっくりした。私が東京にいた時は、そんな様子は全くなかったように見えたから。

「なんかほむほむって、キュンとくる可愛さがあるんだよね」だそうだ。

帆南は二次元では俺様クールキャラ好きで、リアルと全然違うのが面白い。まあ確かに、私も二次元で好きなキャラは動物とか妖精とかなんですが。

「東京も素敵なイルミネーション多いよね。学校帰りに寄ったドームシティ懐かしいな」

東京時代を思い出して、言いながら目を細める。中学の頃、帆南とよく学校帰りにアイスクリーム食べたりしたよなあ、なんて。

『あのさ、暖が学校で倒れて入院してたの知ってる？　一週間くらいで退院したみたいだけど、その後出てこないのよ。調整してなんとか卒業できるようにするみたいだけど』

　唐突に言われ、びっくりして言葉に詰まる。

『私よく知らなかったんだけど、入院、初めてじゃないみたい。あの子の腕とか信じられないくらい細いし、けっこう身体弱かったのかな』

「中学の頃は……暖は元気で、全然学校休んでなかったと思うけど……」

　燿くんはどうしているんだろう。まだうじうじ彼を想っていそうな私を気遣ってなのか、帆南も話題に出さないし、私も聞けない。母は、お隣といっても最近は交流がないせいか、超難関T大学に進学したことを風の便りに聞いただけらしい。

『いきなり紡が北海道に行っちゃってから、私、これでも悩んだのよね』

　帆南が、悩んでいた？　私が北海道に来たことで？

『紡が決めたことならそれで仕方ないっていうか。なんかすげーモヤモヤするけど、何が正しいかなんて私にゃ決められないと思ってさ。でもたぶんもう、いいんだと思うよ』

「言ってることが、よくわかんないよ帆南」

『う――――ん、上手く言えないんだけどね。もう、いいんだよ。紡は我慢することない』

　何を言っているのかさっぱり見当もつかない。私は何か我慢しているんだろうか？

　帆南は結局、ハッキリしたことを言わずに電話を切った。

同い年なのにお姉さんみたいなところのある帆南は、私には見えていない何かが見えているのかもしれない。もしかして、私を傷つけまいと隠している何かがあるのかな。

もう高三の十二月に入ろうとしているのに、私はまだ進路さえもちゃんと決まっていない。母は毎日のようにメッセージで催促してくるけど、どうにも決められないんだ。

函館には大学も少ないし、父と離れて札幌に行くのも気が進まない。どうせ父と離れるなら東京に戻るべきなのかもしれないけど、東京と考えると身が竦む。

私はここにいた方がいいと思ってしまうのは、一体何故だろう。


受験生といえども、息抜きは必要だ。……とか何とか言い訳しながら、私は今年もイルミネーションを見に来た。特に好きな場所は、函館港が一望できる八幡坂だ。

函館のイルミネーションは、光が多すぎないよう計算があり、統一感がある。どこか清楚で、胸に迫る儚さがある。それはお澄ましした異国の小さなお姫様のようで。

「君のお母さんは夜景が好きでね。よく二人でいろんなところに出掛けたものだよ」

八幡坂を並んで歩きながら、父がぽつりと言う。

今でも父は母を想っているのかな、とふと思った。

「ねえ、お父さん。今更だけどさ……どうして離婚したの？」

聞けずにいたことを、勢いで聞いてしまう。だって別れる理由があったようにも見えなかったんだよね。父も母も本当は復縁したいんじゃないかと、最近思うんだ。

「ははは……離婚の理由か。君には話してなかったね」

たくさん着込んではきたけど、やはり寒くて、息が真っ白で父が霞んで見える。

「ひとりで暮らしていたおばあちゃんが倒れただろ。結局入退院を繰り返して一年ほどで亡くなってしまったけど、最初は家に引き取れないかとか、色々考えてさ……」

父は母子家庭で育っているので、母親に対する思いは格別なのかもしれない。

「僕の研究は手を抜けない時期にあったからさ。君のお母さんに、母の世話のために少しだけ仕事をセーブしてくれないかと言ってしまってね。僕が彼女の仕事を軽んじたように感じさせてしまった。言い争いになってさ……」

「おばあちゃんが倒れた時、そんなことがあったんだ……」

「君のお母さんは、つい僕の仕事について価値が低いような言葉を言ってしまった。僕の仕事は安定していないし、あまり稼ぎもよくないからね。それで僕も傷ついて、お互いが言い過ぎて、傷つけあってしまって……」

それで二人は離婚を決め、父は出て行ってしまったんだ。

「お互いが隠していた本音が出てしまったと言えなくもないよ。でも今思えば、大筋ではちゃんとお互いをリスペクトし合っていたと思う。でも人間関係において、負の部分がたまたま尖ってお互いを刺し、致命傷になることもあるんだ。そして終わってしまう」

父が淋しそうに視線を落とした。下には美しい夜景。天国に続いてるみたいだ。

「でも……いつかまた、心が通じ合えたりするんじゃないかな」

私には、父と母が赤い糸で結ばれた二人のような気がしてならないんだ。

「……そうだね、また巡り会えるのかもしれない。本当に惹かれあっている二人ならね」

「うん、そうだよ。また会えるよ」

自分の言葉が子供じみて軽々しく感じられて切ない。でも信じている。人の心は自由で、運命はどんどん変わっていくけど、強い結びつきがあれば何度でも巡り会えるんだ。

そんな確信を持つようになったのは、どうしてなんだろう。

「そういえば昔、パパが言ってくれたことがあるのを憶えてる？　事故で死んじゃった友達のことなんだけど、不運に当たってしまったらそれは運命で、変えられないんだって」

父が私を懐かしむような目で見た。

「そうだね。言ったことがあるかもしれない」

「じゃあ、その子は時を戻して別の道を通っても、やっぱり死んじゃうってことなのかな」

「紡ちゃん、人は時を戻せないよ」

父に真顔で言われて、口ごもる。

「そっか……やっぱり運命は変えられないんだね」

私が淋しい気持ちでぽつりと言った。

父は微笑んで、私を励ますように続けた。

「いや、正確に言えば、変えられる運命と変えられない運命がある。それを峻別する叡智が、人間には求められているんだ。紡ちゃんはニーバーの祈りを知っている？」

〝君はニーバーの祈りを知っているかな？〟

エスカレーターに乗る自分がコマ送りのようにはじけて、頭をぶるっと振る。

「人は未来を変えることはできる。でも人が一度過ごした時を戻してやり直すことはできない。もし、やり直しがあるとしたらそれは――神様のやり直しだろうね」

ハッとして父を見ると、父は優しく私を見返した。

「僕は特定の信仰を持っていないけど、超自然的な存在を信じている。変えられる運命なら、やり直しのチャンスをもらえる時もあるのかもしれないね」

「神様がチャンスをくれるということ？」

「そういうことになるね。ここにある現実がたった一度の現実なのか、今ある記憶がすべてなのか、人には判りようがないからね」

父はまっすぐ私を見た。

「どちらにせよ、自分の未来を変えるのは自分だ。人は変えられない運命を受け容れながら、変えるべきものを変えて、自分自身の力で未来を切り開くんだよ」


もしかしたら、私は時を繰り返したのかもしれない。


「そうだ、パパ。不運に当たってしまった人が不幸だとは思ってないって、言ってくれたことがあったよね。それってどういう意味？」

「紡ちゃん、今日は質問攻めだね」

私はにこっとした。何でも真剣に答えてくれる父がいてくれて、本当によかった。

「僕はどうしても、生まれかわりがあるような気がしていてさ。現世で僕の周りにいる大事な人は……紡ちゃん、君もだけど……きっと来世でも出会えると思っているんだよ」

「生まれかわり……」

真顔で父親に「大事な人」とか言われると、少し照れる。

私は子供の頃、人は死ぬと天国か地獄へ行くのかなと思っていた。でも最近は、生まれかわりがあるような気がしているんだ。どうしてそう思うようになったのか、わからないけど。

「僕が志半ばに、明日死ぬとするだろう？　それは大変残念なことだけど、すぐに生まれかわったら、ちょうどいい年齢で紡ちゃんと再会できないじゃないか」

　首を傾げ、少し考えてみる。縁起でもない話だけど、こんな父の子である私はいちいち真面目に考えてしまうんだ。

「……あ、あのさ。たとえば私の子供に生まれてくるとか」

「いや、僕は生まれかわっても僕らしい人間の筈だからさ。君の子供が、君の父親そっくりの思考様式を持つ人間に育ったら不気味じゃないか」

「いや……その……」

　想像してしまった。こんなことを真剣に考えて娘に話す父親ってどうなんだろう。

「僕はね、一般的な寿命よりだいぶ早く亡くなってしまった人間は、生まれかわるまでの時間が長くなるんだろうと思っている。その間は、霊となるんだ。きっと紡ちゃんの守護霊になって君を守るよ。死んでからこそできることも、きっとある」

　あくまでも真顔で父が言う。「不運は不幸ではない」という言葉の意味がわかった。

　私のノートに、耀くんが死んだお母さんと夢で会ったと書かれていたっけ。

生きてなきゃできないことは多い。でも死んだ人だけができることも、あるのかな……。


「さて、そろそろ着いたよ、紡ちゃん」

ハッとして顔を上げると、空いっぱいに光り輝くモミの木が目の前にあった。

父と話し込みながら俯き加減で歩いていたので、周囲の風景が遠く感じられていて……いきなり目に飛び込んできたまばゆい光が、涙が出るほど荘厳で美しく見えた。

「キレイ……」

しばらくツリーを前にぼーっとしていると、写真を撮る人がいるのに気づく。幸せそうなカップルが多いなあ、と思いながら少し離れ、ツリーの全体を眺める。

マンウォッチングが好きな父は、ツリーを見上げている人々を楽しそうに眺めている。


ふと、コートのポケットの中にあるスマホが震えたことに気づいた。

取り出して見ると、帆南からいくつもメッセージが届いている。『返事して』『どこにいるの?』みたいなメッセージが、繰り返し。

『ごめん　歩いてて気づかなかった』

私が返信すると、すぐまたメッセージが来た。

『今日　クリスマスイルミネーション　見に行くって言ってたよね？』

『今　ツリーの前だよ』

先週くらいに、今日父と行くことを帆南に話したんだ。

『ああよかった　家で寝てたらどうしようかと』

『なんで？』

『なんでもない　楽しんでね！』

何なんだろうと思いながらぼーっとしてしまう。

スマホをポケットに入れていると、父がやってきて急に肩をすぼめた。

「僕は少し冷えすぎてしまった。ちょっと戻ったところにコーヒーショップがあるの知ってるよね。先に行ってるね。ゆっくり見てから来ればいいよ」

「え、え？」

止める間もなく行ってしまう。もう少し見ていたいのは確かだけど、なんで？

私は取り残されて淋しくなった。周囲はグループやカップルばかり。

外国人観光客もちらほらいて、皆楽しそう。ひとりぼっちなのは私だけかも。

「紡」


ざわめきの中で、誰かに呼ばれた気がした。

ひどく懐かしい、声を聞いただけで涙がこぼれそうな声が。


でも私は、振り向くのが怖くて。

期待するのが、裏切られるのが、すべてが夢だったことになってしまうことが。

怖くて。

ただ、怖くて。


「紡。久しぶり」

振り向く必要はなかった。硬直している私の目の前に、彼がやってきたから。

「燿くん……」

変わった。ううん、変わっていない。グレーのチェスターコートなんて羽織って、だいぶ大人びた気がするけど、あの頃のままの優しい笑顔だ。

「ここに来たら会えると思って。おまえ、変わってないな」

帆南に聞いたんだ。私がここに来ているかどうか、帆南が気にしていた理由がわかった。

「おまえの親父（おやじ）さん、一瞬目が合った気がしたんだけど、すぐ向こうへ行っちゃって。だいぶ長いこと会ってないけど、俺のこと憶えてたのかな。もしかして、気を遣わせた？」

赤くなる。父がいかにもやりそうなことだ。別にいたっていいのに。

「あの……暖は――」

「暖は、卒業を待って母親の実家に戻ることになったんだ」

私は息を呑（の）んだ。


私の書いたらしい、書いた記憶のない物語。

そこには暖の驚くべき能力についても書かれていた。

「どこから話そう。どこまで憶えている？　俺はおまえがいなくなってから、できる限り繋ぎ合わせてみたよ。おまえが暖に渡したメダイを、暖はしばらく俺に返さずにいたんだ。メダイを暖に渡したことは憶えているか？」

「憶えて……ない」

私の記憶では、耀くんからおメダイなんて受け取っていない。母に父からのメールを見せられて、酷く心配になって学校を休み、父に会いに行ったことしか記憶にない。

「俺は父親に話を聞き、母親の実家を訪ね、暖についても大体、把握した。暖は消えた未来の記憶をかなり憶えていて、俺もそれを聞いているうちに部分部分の記憶が戻ってきた。まるで、記憶を取り戻すためのヒントを散りばめられているように感じたよ」

「ごめん……私ね、私が書いたらしいノートを持っているの。そこには、今櫂くんが言ってることが書いてあったと思う。でも何にも憶えてないことばかりなの。読み返しても自分のことじゃないみたいに思えて。私、本当に何も――」

涙がボロボロこぼれ落ちる。どうして泣けるんだろう。何が切ないんだろう。

「おぼえてない……」

もしあの物語が本当なら、どうして憶えていないんだろう。どうしてすべてを忘れてしまったんだろう。どうして私の経験が私のものにならないんだろう。

「いいんだよ、おまえが忘れたなら、忘れた方がいいことなんだ。取り戻すべき時は取り戻せる」

「そう……かな……」

涙でぐちゃぐちゃの顔を上げると、櫂くんが口元に笑みを浮かべた。安心させようとする笑顔だ。懐かしい。

「おまえが高校を卒業して、どこか大学に進学したら会いに行こうと思ってた。でもそれじゃ遅いって暖が言うんだよ」

「暖が……？」

「暖は今や、とんでもない霊能力者だよ。人に会うと過去も未来も全部視(み)えちまうらしい。あいつといると、スケルトンの標本になった気分だ」

　驚きで、言葉が出てこない。

「これ以上遠回りしても時間の無駄だ、さっさと行って話をつけろってさ。俺は命令されるのが何より嫌いだから、そう言われると行くもんかと思ったり……」

　櫂くんが苦笑しながら私を見た。

「暖は……櫂くんが私に会いに来るのを、嫌がってないの……？」

「もう暖はあの頃の暖じゃないよ。三回くらいバージョンアップして、もう別人みたいになってる。今思えば、あの頃暖は俺を独占する必要があったんだろうな。荒れくるう嵐を止める存在として、暖は俺の全エネルギーを自分に傾けてほしがっていた。能力が大きすぎて、放っておけば死ぬしかないくらいに危うかったからね」

　荒れくるう嵐？　三回くらいバージョンアップ？　さっさと行って話をつけろ？

暖って超ふわ甘キャラだったのに、すっかり別人になっちゃったの？

「昔の、俺がいないと何もできないみたいな頃の面影は全く残ってないよ。学校では今も澄ましてるみたいだけど。そうなるまでは大変だった。暴れて家を壊すし自殺を図るし、何度も入院させてさ。でもだいぶ落ち着いてきた」

「は、はぁ……」

「俺は、暖の兄どころか父親みたいな気分だよ。暖は散々荒れくるったくせに、今はすっかりひとりで育ったみたいな顔でさ。偉そうに命令してくる始末で……」

想像もつかなかった話に、目を丸くしたまま相槌も打てない。

「そんなこんなで、おまえがいなくなった後はそれなりに大変だった。それで、暖が実家に戻って能力も完全に落ち着いてから、おまえに会いに行こうと思ってた」

「会いに来てくれる……つもりだったんだ……」

なんだか夢みたいだ。耀くんが私を忘れないでいてくれたなんて。

「でも暖の言う通りだ。完全に落ち着いてからとか言ってる場合じゃねえよな。おまえに、い、いや、予定外の何かが起こったら困るだろ」

「予定外の……何か」

ノートに書かれていた、運命線の分岐の話だろうか。赤い糸の相手がいても、予定外の恋をすると分岐してしまうって、赤でアンダーラインまで引かれて書かれていたっけ。

つまり櫂くんは、私が予定外の恋をしたら困るって……。

私は完全に混乱し、真っ赤になってオロオロと視線を彷徨(さまよ)わせた。

すると櫂くんがまっすぐ私を見て、言った。

「会いたかった。東京に戻って来い」


「櫂くん……櫂くん、あの、私……」

感情がこみ上げてきて、溢(あふ)れて、私は口元を両手で覆った。

「私……」

櫂くんが慌てたように私の背に手を回して引き寄せた。

そのまま抱き締められる。

私はただ、溢れる感情に翻弄(ほんろう)されて泣いているだけだった。なんせ積極性に欠けているので。でも櫂くんは、私に何か言われてしまうと思ったんだと思う。

顔を胸に強く押し付けられて、息が苦しい。

「黙ってろ」

〝一度しか言わないから聞いてろ〟

憶えていないのに、私の中にあるもの。それは魂の記憶なのかな。

「好きだよ」
〝愛してる〟
〝愛されていることを、忘れないで〟

空を貫く大きなモミの木が、海に浮かんでいるみたいに光を放ちまたたく。
美しい港に幸せそうな人々が集い、顔を寄せながらツリーを見上げている。
こんな風景を遠い遠い昔、生まれるより前の昔にも、あなたと見た気がする。
思い出せない記憶のすべてが私の中にあるなら。
生まれる前の、その前の、ずっと前から私があなたに繋がっているなら。
何もかもを忘れても、あなたは私に刻み込まれているんだろう。

「私も……」

そう、きっと私は。
何度生まれかわっても、あなたを見つける――――

ＦＩＮ

集英社オレンジ文庫をお買い上げいただき、ありがとうございます。
ご意見・ご感想をお待ちしております。

● あて先
〒101-8050　東京都千代田区一ツ橋2-5-10
集英社オレンジ文庫編集部 気付
茅野実柚先生

君が死ぬ未来がくるなら、何度でも

集英社
オレンジ文庫

2018年5月23日　第1刷発行

著　者　茅野実柚
発行者　北畠輝幸
発行所　株式会社集英社
〒101-8050東京都千代田区一ツ橋2-5-10
電話【編集部】03-3230-6352
【読者係】03-3230-6080
【販売部】03-3230-6393（書店専用）
印刷所　大日本印刷株式会社

※定価はカバーに表示してあります

ISBN 978-4-08-680194-2 C0193

集英社オレンジ文庫

白川紺子

下鴨アンティーク

アリスの宝箱

良鷹に引き取られた幸が糺の森で
出会った老人の正体とは…?
鹿乃と周囲の人々のその後を描く最終巻。

――――〈下鴨アンティーク〉シリーズ既刊・好評発売中――――
【電子書籍版も配信中　詳しくはこちら→http://ebooks.shueisha.co.jp/orange/】

①アリスと紫式部 ②回転木馬とレモンパイ
③祖母の恋文 ④神無月のマイ・フェア・レディ
⑤雪花の約束 ⑥暁の恋 ⑦白鳥と紫式部

集英社オレンジ文庫

相羽 鈴

イケメン隔離法

眉目秀麗な男子にだけ感染する
謎のウィルスが蔓延し、イケメン達は
隔離施設に収容された。
そんな中、茨城に住む
平凡地味顔のヒロキにも
なぜか隔離令状が届いて…？

美城 圭

雪があたたかいなんていままで知らなかった

幽霊が見える千尋の前に突然現れた
赤いマフラーの女の子。ほとんどの
記憶が無いという彼女の正体とは…?
眩しくて切ない青春ミステリー。

好評発売中

【電子書籍版も配信中　詳しくはこちら→http://ebooks.shueisha.co.jp/orange/】